SHIRAISHI KAZUHUMI

白石一文

# 草上的微光

草にすわる

王蘊潔 譯

# 草上的微光

最近，洪治偶爾會想起奔赴戰場的那些人。

無論日本、美國或英國戰爭時，還是目前在世界各地戰火延燒的各種戰爭，除了一小部分的長官以外，所有的士兵都不知道自己在那裡做什麼，莫名其妙地送了命，也有人正準備送命。中東盛行自殺攻擊，那些從未成年時就被灌輸對非回教世界仇恨思想的年輕人抱著炸彈或是搭車衝進猶太人或是美國人的人群中自殺。即使是這種乍看之下似乎是出於自願意志的行為，如果站在綜觀整體的立場，就會發現他們只是受到他人的操控去送死而已，應該和日本、美國戰爭末期的神風特攻隊隊員相差無幾。

因此，他們的死和那些遭到恐怖攻擊而喪生的受害者，以及發生在市區的恐怖爆炸案的犧牲者一樣，都輕如鴻毛。

洪治認為，殺人行為都是螻蟻和螻蟻的自相殘殺，很少有其他的狀況。在他辭職前一年的九八年，曾經和當時交往不是太深的公司女同事一起去電影院觀賞湯姆・漢克主演的「搶救雷恩大兵」，看到士兵在德軍防衛線的諾曼第海岸登陸後接二連三遭到槍擊的畫面，不禁感到一陣揪心，原來士兵都是這樣像超人英雄，簡直帥得令人頭皮發麻。

去年夏天上演的第二集也已經推出了錄影帶，要趕快找時間租來看。洪治突然想起昨天看完後，難得帶著興奮的心情上了床。

現實當然和電影不同，但無論連續劇、卡通、電影或是小說，都不厭其煩地以殺人為題材，實在令人不敢恭維。「搶救雷恩大兵」和「大敵當前」都算是根據史實改編的，然而，昨晚的「刀鋒戰士」，還有「星際大戰」、「神鬼傳奇」、「哈利波特」、「魔戒」、「侏羅紀公園」或「人魔」，每一部作品除了大肆殺戮人類或是動物以外，幾乎沒有像樣的故事情節。

如果發生了戰爭，人們會對這種假想的過度殺戮感到膩煩，還是對殺戮產生真實感，感到更加興奮？洪治不禁對此產生疑問，很想瞭解以前世界大戰時電影是怎麼拍的，但他猜想應該是前者。任何人都想讓殺人停留在虛構的世界中，如果那些都是耶哥貝提❶式的紀錄片，想必任何人都不會踏進電影院或是

❶Gualtiero Jacopetti，義大利電影導演、新聞記者，拍攝多部描寫世界各地習俗的電影。

錄影帶店。

現實中的戰場是由瘋狂所支配的世界，發動和指揮戰爭的人往往都是被不同種類的、更極致的瘋狂附了身。無論小布希還是海珊，賓拉登還是金正日，還有眼下被取了一個綽號叫「布希寵物」的布萊爾❷，他們在做某些事時，應該根本不知道自己究竟在幹什麼。

這種不切實際的感覺，讓他覺得自己和創作這些殺戮小說、殺戮卡通、殺戮電影的人，以及那些電影中的主人翁並沒有什麼不同。

總而言之，這個世界既沒有謊言，也沒有真實。

洪治覺得「既沒有謊言，也沒有真實」這句話實在太精闢了。他從小學生的時候就已經親身感受到這一點，直到今年四月中旬即將邁入而立之年的目前為止，從來沒有任何經驗讓他修正這種體悟。

昨晚欣賞「刀鋒戰士」之前，看了同時租回來的A片，那是所謂「洗精浴」的內容，四十八個男人相繼把精液淋在AV女優的臉上和身上。看著她滿臉都是精液歡呼「這種夢幻浴太棒了」的樣子，洪治不禁思考，不知道她拍這間斷，就連除夕和元旦也照常上路。

手術後的不適出乎意料地持續了很久，總覺得光靠靜養無法復原。其實，夏天之後突然開始發胖才是他開始路跑的最大動機。

「洪治，你的下巴都幾乎看不到了。」

那次聽曜子這麼說之後，洪治趕緊量了一下體重，發現不知不覺中，竟然胖了八公斤。他自己也嚇到了，立刻決定開始跑步。

洪治在十一點半準時走出玄關。

今年冬天是近年來少見的寒冷，洪治的住家位在埼玉市靠近岩槻的地方，以前這裡是一整片農田和濕地，經過開發後成為住宅地區，所以氣溫很低。新年時，關東一帶降下瑞雪，周圍有五公分左右的積雪，整整一星期都沒有融化。正月已經過了二十天，寒流也稍微停下了腳步，但走出門外時，拂過農田和紅土原野的風，仍然冰冷地刺進臉頰和手上的肌膚。由於是第一次穿這雙慢跑鞋，洪治確認著鞋跟的感觸，邁著輕快的步伐，緩緩走下家門前的坡道，來到農地旁通往公園的馬路上。做了兩分鐘快速踏步，放鬆肌肉後，才正式起跑。

跑了五百公尺左右，農協的巨大倉庫出現在馬路的右側，前面就是曜子上班的「Hello Day飯塚」超市。經過飯塚超市，洪治開始加速。

飯塚超市在如今只能算是小超市，但在他讀中學的一九八八年開張時，附近的居民奔走相告，無不為這一帶開了一家壯觀的兩層樓超市感到高興。那一年剛好在首爾舉行奧運，第一代老闆是在縣內開柏青哥連鎖店的韓僑，舉行了整整一年的慶祝奧運特賣，以打破行情的價格提供食材、衣物和生活用品，深受附近居民的喜愛。洪治有生以來第一雙Nike運動鞋也是在這家店買的。

那時候，自己整天到底在想什麼？

洪治在小學高年級時參加了本地的少年運動隊，成為田徑運動員，中學和高中時都跑長距離。高中時，他和田徑社的教練處不來，在二年級春天記錄會❹後就離開了田徑社。雖然練習田徑前後只有五年的時間，但他在中學時的長距離成績卻是縣內數一數二的好手，受到極大的矚目。當時，日本田徑界正值男子馬拉松的黃金時代，宗茂・猛兄弟、瀨古利彥、中山竹通、兒至泰介、谷口浩美等一流跑者競爭激烈。洪治最喜歡瀨古，瀨古在前一年十二月的福岡國際選拔賽時，因為左腳踝剝離型骨折而無法參加，但在奧運年的琵琶湖比賽期間，他每天的成績都獲得優勝，成功地成為參加奧運的三名選手之一時，洪治興奮得好像自己獲得了奧運參賽權。

那一陣子，他整天夢想著自己也可以像瀨古和中山一樣成為頂尖的跑者，然而，現實卻是如此殘酷無情。如今自己已經邁入和瀨古當時相同的年紀，既沒有成家，也沒有立業，一無所有，前途茫茫。雖然自己不是昨晚的AV女優，但十五年前的自己看到現在的這副德行，一定會絕望吧。

因為是非假日白天的關係，運動公園內人影稀疏。南側的草地上，有兩、三個媽媽帶著小孩子在曬太陽，運動場上空無一人。洪治在空盪盪的跑道上緩緩大步跑，做了十分鐘以上的有氧運動，充分燃燒體脂肪。開始路跑後，他的體重已經恢復了原狀。

❹田徑或游泳等以突破記錄為目的所舉行的比賽。

就連平時很少稱讚他人的曜子，也十分肯定洪治慢跑的效果。

「沒想到你的減肥效果這麼理想，洪治，你還真有兩下子。」

曜子曾經多次親吻著洪治已經恢復緊實的腹肌這麼激勵他。

維持不流汗的速度跑完公園後，回家的路上一下子提高速度。最後的一公里以長距離變速跑的要訣，就是每一百公尺輪流進行大步跑和快速跑，把渾身沒有流出的汗水統統逼出來。

洪治向來很喜歡一邊跑步，一邊看沿途的風景，喜歡漫不經心地瀏覽向後奔跑的風景，思考各式各樣的問題。不知道為什麼，每次跑步的時候，那些在靜止時找不到出口，淤積在內心的不成熟想法的片段，就會順利地從大腦流向肌肉，再從肌肉帶到身體表面後蒸發，留下爽快的餘韻。洪治最愛這種感覺，他希望有朝一日可以參加馬拉松賽跑，也是因為只有馬拉松接力賽和馬拉松才能在大街上運動。

然而，在路跑訓練的回程途中，他完全不看風景，竭盡全力奔跑。衝上最後的上坡道時，全身大汗淋漓，連腳底也好像泡在汗水中。離職三年期間累積了如同柴油般的鬱悶從身體深處冒了出來，隨著大量汗液一起排泄。那和少年時代明快的爽快感有所不同，而是帶給洪治一種複雜的、略微虛脫的舒服感覺。

回到家後立刻淋浴，在一樓的起居室看正午新聞報導，把豆漿倒進玉米片送進肚子後，在盥洗室吹乾頭髮後，上樓回到自己的房間。把只有午睡時使用的鬧鐘調到三點，鑽進了被窩。像往常一樣，隱約的疲勞感可以帶來舒服的睡意。

雖然人生的前程未卜，前途茫茫，但必須活在當下——三天前看的小說中有這麼一句話，洪治覺得這句話給了他不少啟發。寧靜的冬日午後，能夠不必對任何人有所顧忌，不需要為任何事做準備，陶醉於在溫暖被子裡沉睡的快樂，的確是自己放棄對未來期待和穩定生活獲得的回報。任何人都無法魚與熊掌兼得，即使是此刻微不足道的小憩，也是用相當的犧牲和心理準備換來的。所以，此刻的睡意也許是過去的洪治送給目前這一剎那的洪治不可取代的禮物。

洪治閉上眼睛，重重地吁了一口氣。

這就是我每天兩個半小時的充實，他想道。

✦

醒來時，房間內一片昏暗。

洪治從床上跳了起來，走到桌子旁，抓起鬧鐘。

果然不出所料，鬧鐘顯示已經五點多了。鬧鐘的設定並沒有解除，這代表他連續睡了四個半小時，連鬧鐘吵鬧的鈴聲都沒有聽到。

最近老是發生這種情況。

上個星期六，他也是聽到一陣激烈的敲門聲才從夢中驚醒，才聽到鬧鐘正響個不停。由於鬧鐘響了很久，在樓下的母親以為發生了什麼事，趕緊衝上樓。洪治也為自己對這麼吵鬧的聲音漸漸沒有反應感到不安起來。

家裡仍然籠罩在無人的寂靜中，母親似乎還沒有下班。室內的溫度降低不少，感覺和戶外差不多。

洪治嘆了一口氣，沒有開燈，坐在床邊。

今天是星期三，是去曜子家的日子。她每個星期三上早班，三點就下班了，每次都會煮好晚餐等洪治一起用餐。這種每週約會一次的生活已經持續了將近一年。

包括和曜子的關係在內，這三年半碌碌無為的生活似乎讓自己未來的路越來越窄，也讓自己越來越墮落。如今的自己也許比螻蟻更不如，只能勉強算是螻蟻的呼吸吧。

洪治在九九年八月辭職時暗自下定決心，至少在未來的五年不工作。

他決定「等候」五年。

不是等待，而是等候。翻了字典，發現等候的意思是：①做好準備地等待。②充滿期待地等待。當時，洪治對三年又四個月的上班族生活感到極度疲勞。高中三年期間，曾經經歷了退社和之後的學校生活、為考試刻苦用功，把自己搞得精疲力盡，覺得再度陷入這種狀態也是無可奈何的事。大學四年是重整時期，他努力讓自己走出高中時代的疲憊，無論對課業和社團都不太熱中，只有求職活動比其他同學更卯足了全力。泡沫經濟崩潰後，洪治就讀那所大學的求職情況很糟糕，即使如此，他仍然能夠在大型不動產公司謀得一職，是因為在整個大學期間，他就像受傷的野獸在洞穴中靜養般，靜靜地調養十幾歲期間累積的疲勞。

因此，他在離職時深信，只要潛心等候，就可以開拓自己的前途。對洪治來說，「做好準備地等待」，並不是處心積慮地尋找機會。長跑比賽的勝機總是出現在後半場。為了避免勝機從指尖溜走，最重要的就是拚命忍耐，咬著牙跑下去。他在這種需要發揮耐力的賽跑中百戰百勝，他的偶像瀨古的賽跑就是最好的榜樣。那些受到其他人影響，慌慌張張地改變自己節奏的選手無法獲勝。瀨古無論面對任何競爭對手，都會竭盡所能，維持自己的步調，拚命忍耐再忍耐，保留實力在最後的直線跑道上和其他選手一決勝負，在終點前反敗為勝。洪治相信，這種跑法才是真正的實力。

當然，無論做任何事都需要動機，工作也不例外。如果只是為了工作而工作、為了自食其力而工作，就會不在乎任何工作。任何人工作時，都需要一個能夠讓自己接受的動機。

當初，洪治一心想進入赫赫有名的、總公司設在都心精華地段的公司工作，他不願意像父親榮治一樣，一輩子都為股票未上市的小型食品批發公司賣命。他想去那種只要一拿出名片，別人就會肅然起敬的大企業，這就是洪治當時的工作動機。正因為如此，他才能不理會那些整天熱中於玩樂、社團活動和追女生，直到最後關頭才開始求職，最後只能在中小企業混口飯吃的大部分同學，而是發揮不屈不撓的毅力，如願進入大企業。

然而，實際工作後，他才發現不動產的行銷工作比想像中更辛苦。他在名古屋的營業所做了一年推銷獨棟樓的業務後回到東京，被調到公司主力業務的大廈行銷部門。當時景氣已經跌到谷底，每一季度的房屋販售價格都會向下調整，就連把簽約放在第一位的現場銷售人員都不禁感到納悶，大家都忍不住問：

「這種價格，我們公司真的有利可圖嗎？」

即使如此，每個人仍然使出渾身解數，努力完成不斷上升的業績指標。

洪治工作的那家公司在房屋蓋好之前，就邀客戶到樣品屋參觀，簽下預售屋合約。之前靠這種創新的行銷手法，一躍成為業界最大的公司。但在洪治進公司的九六年左右，這種預售屋的銷售方式受到不景氣的影響，導致大量客戶退約，公司不得不重新檢討行銷策略。再加上泡沫經濟時期龐大的開發投資虧損，為了向銀行支付利息，經常淨利不到泡沫經濟時期的十分之一。每次去酒店時，就會聽到前輩誇耀黃金時代的榮景，最後再補上一句：「你們的運氣真的很不好。」

洪治進公司第三年，主力銀行派來一位新董事長，全面停止預售屋的銷售，改為現場銷售成屋。洪治在第二年從東京總公司轉調到橫濱營業所，全力投入位在新橫濱車站旁的高塔大廈的銷售工作。這幢地上三十二層、總戶數四百一十二戶的智慧型大廈，各戶最普遍的價格為六千九百萬圓，以當時的景氣來說，算是最棘手的案子。當上司命令他負責該銷售案時，同事都半開玩笑地表示同情：「這叫做不入虎穴，焉得虎子。」實際開始銷售後，果然沒有半個買家。他每天一大早就打電話給業者和透過網路申請資料的客戶；只要有人上門參觀，就積極推銷到別人望而卻步的程度。連休假日也去加班，過了三個月，業績還是掛零。

營業主任剛開始時還睜一隻眼，閉一隻眼，過了一個月，眼神和表情完全變了樣。

「你又不是菜鳥，你在名古屋和總公司時未免混得太凶了，你打算一直這樣當薪水小偷嗎？如果賣不出去，你自己買下來，真是個廢物。」

這種謾罵已經成為家常便飯。

雖然已經習慣了這種程度的事，但在漫長的梅雨季節終於結束的七月底，第二期也開始銷售時，好不容易才談妥的牙醫在簽約前臨時取消，令洪治情緒低落的那天晚上，得知在名古屋時曾經照顧他的前輩自殺的消息，感到內心最後一根支柱也啪地一聲斷裂了。他和洪治一樣，從四月開始負責仙台一個很難銷售的案子，業績始終無法提升，最後終於想不開，上吊自殺了。

根據家屬的要求，遺體送回東京的老家，守靈和葬禮都在板橋的殯儀館舉行。洪治很希望兩者都參加，但主任說要開朝會，不讓他參加葬禮。他不惜曠職參加了葬禮，中午過後，目送靈柩車前往火葬場，從殯儀館回車站的路上，他在沿途的文具店買了信紙和信封，走進麥當勞寫了辭呈。

他沒有一絲留戀，也沒有一點後悔。

「不給別人添麻煩」無法成為繼續同一份工作的理由，他已經厭倦了必須忍受為渺茫前途的不安，和眼前滑稽可笑的現實而工作。工作三年多，他存了三百多萬圓，他打算在老家附近租一間老舊國宅，靠失業救濟金和打零工，四、五年之內應該不愁吃穿。

五年期間，任何人都會遇到一、兩次機會，更何況他已經完成了學生時代的目標，有在大企業工作的經驗，這一次他打算在找到非要活下去，或是只能活下去這種迫切的理由後才開始工作。

所以，他暗自發誓，五年之內不找工作。

然而，眼下進入第四年時，卻希望自己可以變成吸血鬼，實在是太不堪了。直到去年，才終於意識到這一次和學生時代的情況不同。當初回到埼玉，租了一間房租四萬五千圓的國宅套房，勉強獨立的生活期間，並沒有這種走投無路的感覺。前年年底動了手術，不得不搬回老家後，才開始厭惡一味的等候的自己。因為健康原因辭去原本每個月工作十天的計時工作可能也是失策之舉，去年秋天時，存款終於只剩不到一百萬圓這件事也有很大的影響。

到頭來，我也搞不清楚自己到底在幹什麼，就像戰場上的士兵、布希、海珊、AV女優、松本這些因為極度的慾望、忙碌和疲勞，不知道如何用自己的方式運用時間的人一樣，我也因為極度的無慾、空閒和放鬆，失去了對時間應有的感覺。

在片刻之間倏地漆黑一片的房間內，洪治這麼想道。他緩緩地站起身，打開天花板上的頂燈。

真是無可救藥了……

他這麼覺得。

「洪治，你是不是越來越憂鬱了？該不會被我傳染了吧？」

上次見面時，曜子這麼問他。姑且不論是否被她傳染，不過自己的確越來越憂鬱了。

今晚真不想去見她。雖然和曜子有肉體的結合，但彼此的心靈無法相通，連他自己都搞不懂這種關係為什麼持續了一年。曜子也有同感嗎？這也是因為失去時間的關係嗎？聽不到鬧鐘鈴聲，和曜子維持這種食之無味、棄之可惜的關係，都是因為這個原因嗎？

✦

戶外的空氣比白天時更冷。

從家門前的坡道往上走，再走一段下坡道，最後越過一個更大的坡道，在東北高速公路高架橋的另一側，就是曜子的公寓。走路差不多二十分鐘左右。

他騙母親說，每週三去阿稔的店裡幫忙。阿稔在武藏浦和車站附近開了一家小型居酒屋，一直營業到凌晨五點，即使外宿也不會引起母親的懷疑。雖然這麼大了，不需要看大人的臉色，但當初是因為母親的關係才會認識曜子，而且，母親現在仍然在「Hello Day飯塚」打工，所以曜子不想讓她察覺他們的關係。

洪治看到母親從至少每週出門工作一天的自己身上尋求一絲安心的模樣，覺得繼續說謊也沒什麼大礙。母親似乎並沒有產生懷疑。目前只有大學的學弟，也是唯一的朋友佐久田稔一個人知道洪治和曜子的關係。

開始爬第二個坡道時，右側是一片櫟樹林。突然颳起的風在稀疏的櫟樹林內呼呼作響，冷風吹得他臉頰都僵硬了。明天可能會下雪，他這麼想著。抬頭仰望天空，銀白色的圓月在天空發出皎潔的光芒，周圍沒有一絲雲朵。

洪治想起去年年底，在曜子家裡看到的詩集中的一段。

悲傷和怠慢
讓人不再驚訝
只感受到冬天的淒美

那是名叫八木重吉的詩人所作的詩。

聽曜子說，八木重吉在學生時代罹患了肺結核，三十歲就英年早逝，留下妻子和兩個孩子。

「我相信他留下年幼的孩子離開人世時很懊惱，但更可憐的是他年輕守寡的妻子。因為，他們兩個孩子之後也罹患了肺結核相繼去世。」

八木重吉死後二十五年，他寫的詩才開始廣為流傳。洪治覺得曜子是因為自己境遇的關係，才會喜歡這位詩人的詩。詩集的扉頁上有二十七歲的重吉和二十歲的妻子，以及年僅兩歲的大女兒的合影。重吉長相斯文，一副老實相。照片背面那一頁也刊登了名為「生病」的親筆手稿。

人一旦生病
真的一無所求
對妻子和桃子他們充滿憐愛
也由衷希望

世上所有的人都幸福快樂
細膩的文字充滿溫情。

原來有人在和自己相同年紀時，就已經留下妻兒撒手人寰了。當時，洪治這麼想道。他因為有「充滿憐愛」的妻兒，所以死得更加痛苦。然而，洪治還是很羨慕他有可以讓他感到憐愛的人。正如曜子說的，最痛苦的非他的太太莫屬，她所愛的每一個人都被死神帶走了，洪治覺得很像曜子目前所承受的痛苦。

洪治雖然沒有向曜子借詩集，但在回家後，把另一首印象深刻的詩記在筆記本上。那首詩名叫〈坐在草上〉。

我錯了
都是我的錯
像這樣坐在草上，就可以體會到這一點

這首短詩特別吸引洪治，連他自己也搞不清楚為什麼，然後，他暗自下定決心，如果有朝一日真的走投無路，也要去坐在草上。那正是他重拾路跑訓練樂趣的時期，或許只是突然被完全相反的想法所吸引，但他確信，在重要關頭時坐在草上，一定可以發現自己的錯。

曜子和洪治讀同一所高中，是比他年長兩歲的學姊。

洪治讀的那所高中是私立的升學學校。因為他在中學時代的賽跑成績受到肯定，所以能以體育優待生的身分入學。也因為這個原因，在二年級春天離開社團後，他的學校生活苦不堪言。他和曜子有交集的時間只有一年，求學期間當然沒有說過一句話，不過洪治之前就知道她的名字。雖然他們讀不同的國中，但彼此住得很近，而且曜子是全校公認的高材生。那所學校會把高三模擬考成績貼在老師辦公室前的走廊上，洪治一年級的時候，每天到學校的目的就是為了跑步，根本沒有把大學入學放在眼裡，但仍然知道加東曜子每次模擬考都名列榜首。那所學校每年有一、兩名學生進入東京大學，功課好的同學在各方面都會受到優厚的待遇，也是所有學生矚目的焦點。洪治也曾經去三年級的教室看過曜子，出乎意料地發現，她屬於那種眉清目秀的鄰家女孩，令他留下了深刻的印象。

翌年春天，得知曜子沒有考進東大，而是進入一橋時，洪治覺得很符合她的個性。

「銷售課長就是加東家的女兒，工作能力很強，人也很好。」

母親去飯塚工作的半年前，曾經這麼告訴洪治。聽到曜子在那麼小的超市工作，洪治感到有點意外。之前聽說她大學畢業後，進了一家大型監查法人❺，直到五年前曜子家發生了那件事後。洪治聽去參加葬禮的母親轉述了舉目無親的她當時的情況，母親在電話中語帶哽咽地告訴洪治，曜子在紐約出差時得知她母親和弟弟的死訊，事發三天後才回國，無法一起勘驗現場和確認遺體，葬禮在事發五天後才舉行。當她趕到殯儀館時滿臉憔悴，移棺時哭得死去

❺對企業財務報表進行監查的特殊法人，必須有五名以上會計師。

活來，根本無法坐上靈柩車。正因為這樣，洪治無法瞭解曜子特地回到已經痛失家園又舉目無親，只剩下黯淡回憶的故鄉到底有什麼用意。

某天晚上，洪治的母親突然把曜子帶回家。

自從父親榮治有一年因為忙於處理雪印乳品中毒事件和牛肉問題而分身乏術開始，原本就很怕孤單的母親經常找打工的同事或一起上裁縫課的同學來家裡吃飯。那天，洪治聽到樓下傳來說話的聲音，原以為又是類似的聚會。當他走進飯廳，準備拿自己的晚餐時，赫然發現曜子和母親面對面坐在餐桌前。母親慌忙想要介紹洪治，曜子先發制人地說：

「阿姨，我認識他。」

洪治根本不知道眼前的女人是誰。睽違十三年的曜子和高中時代的印象判若兩人，桌上放著洪治母親製作的料理，曜子也帶來店裡的熟菜，兩個人喝得不亦樂乎。曜子和洪治的母親似乎很談得來，母親連連叫著她課長、課長，曜子也口口聲聲稱她為阿姨。

「洪治，你跑得真快。之前我曾經陪同學去看過比賽，她的男朋友是田徑隊的，剛好看到你在場上比賽。跑最後一圈時，你轉眼之間就追上了前面所有的選手，我同學告訴我『那個男生今年剛進我們學校，聽說很有實力』。我在運動方面一竅不通，所以羨慕得不得了，很希望可以跑得像你那麼輕鬆自如，只要一次就好。所以，當下我就記住了篠原洪治這個名字，一直很期待可以在大型比賽中看到你的名字。」

曜子帶著醉意說道，似乎既不是在對洪治說，也不是對洪治的母親說。

她當然不知道洪治在二年級時退出田徑隊的事，洪治告訴了她。

「原來是這樣。」她轉頭看著洪治，「真可惜，你完全有成為一流選手的潛力。」

看到洪治默默地喝著熱水兌燒酒，她又接著說：

「成為一流的選手固然不錯，但可以一輩子都覺得自己絕對有機會成為一流選手時，幸福的程度或許也不相上下。我完全沒有任何專長，所以現在也很羨慕你。」

那天晚上，曜子喝得酩酊大醉。洪治的母親在廚房準備新的下酒菜時，一臉無奈地小聲對正從冰箱裡拿出冰塊的洪治說：

「我沒想到她這麼會喝。」

洪治的母親也喝了不少，切魚板的手也微微發抖。十一點過後，洪治猜想自己可能不得不送曜子回家，所以開始猛喝烏龍茶醒酒。

凌晨一點，曜子終於起身。

「啊，終於把這一陣子的鬱悶一吐為快，好久沒有這麼心情舒暢了。阿姨，真的很感謝妳。」

她伸了一個懶腰，撥了撥長髮。她身穿一件黑色長裙、黑色高領套頭衫，接過洪治母親遞給她的褐色雙排釦大衣，就連洪治也覺得這身裝扮沒有女人味。果然不出所料，洪治的母親說：「洪治，你送課長回家吧。」曜子也當仁不讓地鞠了一躬說：「不好意思。」

洪治把車子停在玄關等候，聽到曜子在門口誇張的聲音：

「哇，阿姨，真不好意思。真的要送我嗎？我最喜歡吃白菜醃的泡菜了。」

等了五分鐘後，她終於坐到副駕駛座上，洪治啟動了車子。

問她回家的路線時，她回答說：

「往右開兩百公尺，在櫸樹街左轉後開五百公尺，在派出所前右轉後直走，經過高架橋，就在左側那棟五層樓褐色磁磚公寓的二樓。」

她整個人靠在座椅上說道。她閉上眼睛，小心翼翼地捧著飯塚超市的袋子，裡面裝了洪治母親送她的泡菜。豐滿的胸部隨著她的呼吸上下起伏著。她似乎醉得不輕，每次停車時，洪治就忍不住偷瞄她的側臉。她臉上的妝很濃，染成棕色的頭髮和她文靜的長相格格不入。照理說，她比自己大兩歲，才三十一歲而已，看起來卻比實際年齡老了兩、三歲，她尖挺的鼻梁和唇形漂亮的嘴唇應該稱得上是美女。剛才在家裡聊天時也有這種感覺，她的全身好像一塊上等的布料褪了色，有一種難以擺脫的黯然。

洪治緩緩開著車，在轉入櫸樹街時，突然發現一件事。如果按照她說的路線，會經過她以前住過的房子。那裡已經建了新的公寓，完全感受不到以前的樣子，但對她而言，仍然是不願面對的地方吧。

不，洪治暗自糾正自己的想法。也許不願面對的不是她，而是自己。

不知道曜子是否睡著了，她仍然閉著眼睛。洪治沒有打招呼，就擅自改變了路線。他已經知道她住的地方，雖然會繞一點路，但可以從其他路線到她家。

車子停在公寓前時，曜子立刻坐直身體。

「沒想到你這麼貼心。」

她看著前方嘀咕道，然後轉頭看著洪治。

「進來坐坐吧，喝一杯咖啡再走。」

她臉上帶著淡淡的微笑。

曜子的家裡整理得井然有序，幾乎沒有什麼擺設。洪治坐在五坪大的客廳沙發上，打量著室內的情況，不知道為什麼，有一種鬆了一口氣的感覺。他們並肩坐在一起，喝著曜子泡的咖啡，但其實洪治只喝了一口。她一言不發，轉眼之間就喝完了，立刻把自己的杯子拿到前方開放式廚房的吧檯，又走回沙發前。

她站在洪治的對面，露出不願多想的表情，輕輕地嘆了一口氣，拿過洪治還沒喝完的咖啡杯，把剩下的咖啡一飲而盡。然後，右手拿著空杯子，彎下身體，撲向洪治，洪治的嘴唇立刻被滿是酒臭的嘴唇堵住了。

洪治抱著她頗有份量的身體，思考著自己已經有多少年沒有接觸溫暖的肉體。這個念頭帶來一陣狂喜，貫穿了他的全身，根本無暇思考自己抱著的對象是誰，也無法從容地分辨眼前的狀況。洪治貪婪地吸吮著自己臂腕中的肉體，彷彿連日在沙漠中忍受灼熱後，終於有冰涼清澈的水倒在掌中。他們一起倒在沙發上，洪治用盡全力，試圖扒下曜子身上的衣服。

這時，曜子突然把身體從洪治的臂腕中抽離，對著滿臉錯愕的洪治說：

「洪治，下次再繼續下半場。」

曜子說道，她的酒醉似乎已經完全醒了。

她撿起掉在地上的咖啡杯，靜靜地走向廚房，頭也不回地打開客廳的門走了出去。洪治好像突然從夢境中被拉回現實，默默地目送著她的背影。不一會兒，門外傳來聲音，洪治搖搖晃晃地起身來到走廊上一看，發現玄關左側的浴室亮著燈，裡面傳來淋浴的聲音。

洪治再度打開客廳門，站在入口思考。自己應該在這裡等她洗完澡嗎？但情況似乎不是如此。他看向廚房的吧檯，發現泡菜的袋子放在角落，急忙走過去把袋子放進廚房的冰箱後，再度回到走廊，沒有向浴室裡的曜子打招呼，就悄悄地走出玄關。

之後整整兩個星期都完全沒有動靜。

曜子沒有和他聯絡，洪治也沒有因為望穿秋水而主動聯絡。然而，洪治難以忘記那天晚上所發生的事，相反的，對曜子肉體的渴望與日俱增，越來越濃烈，勒緊著他身體的最深處。

二月最後一天的白天，洪治一大早肚子就不舒服，什麼都吃不下，心情憂鬱地坐在客廳，心不在焉地看電視時，接到母親的電話。母親說她之前就想買原木花器整理一下庭院，今天剛好在特價，所以她買下來了，叫洪治傍晚的時候去接她，順便把花器載回來。

洪治在六點之前把車子開進飯塚超市的停車場，站在大門口往店裡張望，曜子剛好從左側生鮮蔬菜區旁的員工出入口走了出來。她在蔬菜賣場的燈光照射下，感覺和兩個星期前完全不一樣。她有這麼漂亮嗎？洪治不禁想道，目不轉睛地看著她向賣場職員發號施令。當她說完後，一轉頭，剛好和洪治視線交會，對他露出燦爛的笑容。

她快步走到洪治面前。

「好久不見。」

「我媽叫我來載東西。」

洪治好像在辯解似的說道，身穿圍裙的曜子立刻了然於心，指著玻璃後方的入口旁問：

「是不是那個？」

洪治順著她手指的方向望去，發現那裡有兩根長約一公尺左右的原木花器，旁邊還豎著一個大型伸縮型籬笆。

「那個花器是用飯能產的西川材❻做的，品質很棒。只有今天特價，阿姨真有眼光。」

母親應該上午買好後，請人幫忙搬到這裡。

「我媽呢？」

洪治問。

「可能在換衣服吧，不如我們趁現在搬到車上？」

曜子說著，率先走了過去，雙手抱起花器。洪治也慌忙抱起另一個，發現格外沉重。

「妳搬得動嗎？」

「這點東西小意思、小意思。如果沒有力氣，根本沒辦法勝任這個工作。」

曜子環視寬敞的停車場，發現了洪治的車子，大步走了過去。

把花器裝進行李箱，兩個人又合力把籬笆塞進後車座。

「不好意思，謝謝妳幫了大忙。」

洪治低頭道謝。

「不客氣。」曜子笑著說，然後，直視著洪治的臉說：「那次的下半場呢？」

洪治在她的注視下，不知道該如何回答。

「今天晚上來我家吧，幾點都沒關係。」

曜子很乾脆地說道，然後，又補充了一句：「那我先走了，我在家等你。」轉身小跑步回到超市的方向。洪治目送著她的背影，看到換好衣服的母親和曜子在出入口擦身而過。

「阿姨，辛苦了。」

曜子精神飽滿地說著，向洪治的母親揮手，轉眼之間就消失在店內。

❻指埼玉縣產的優良木材。江戶時代，此地的木材都用竹筏流送至江戶，因為是「江戶西方的河流送來的木材」，故稱「西川材」。

那天晚上，洪治和曜子激情相擁。

結束後，她在洪治的懷裡咯咯地笑了半天，最後坦誠說：

「那個花器是我建議你媽非買不可的，今天我給的特價，只有原價的三分之一，她怎麼可能不買？」

✦

洪治今天走的是和平時不同的路，來到曜子公寓時已經七點多了。走了一個多小時，渾身都凍僵了。

抬頭仰望曜子位在二樓房間的陽台，發現亮著燈。肚子一點都不餓。曜子每次都準備了豐盛的菜餚，但最近都沒什麼食慾。雖然聲稱是在減肥，洪治心裡卻覺得是因為厭倦了和曜子之間的關係。

曜子說，她搬來這裡已經三年了。她也是在三年前開始在飯塚上班，想必她當時她是下了決心，買下這裡的房子。在此之前，她應該不願意靠近這一帶吧。

來這裡的途中，洪治去曜子老家所在地看了一下，所以才會耽誤那麼多時間。

那裡建了新的公寓後已經完全沒有以前的印象，然而，站在曾經和許多人一起凝望著那片熊熊大火的位置，那天晚上的情景清晰地在腦海中甦醒。之後，他極力避免經過那裡，因為他不願意回想起那天的事。當消防隊終於趕到，開始滅火時，整棟房子已經付之一炬，無力挽救了。姑且不論當時大部分看熱鬧的人，還是像洪治一樣只是剛好路過，看到房子燒起來的人，應該至今仍然無法擺脫和他相同的感覺。

這是洪治有生以來第一次看到火災，火焰超乎想像的狂暴震懾了洪治。可怕的景象令他切身體會到什麼叫悽慘。

曜子回國後，經由警方和消防隊的口中得知洪治他們目擊的景象，曜子聽到這個事實時的衝擊可想而知。如果她也在家，也許她弟弟不必喪命，很可能甚至不會發生火災。然而，事到如今，再怎麼後悔也於事無補。如果不這樣想，當時只能袖手旁觀的洪治和其他人內心的懊惱就永遠無法消除。

五年前的九八年七月十八日星期六，在天色還沒有完全暗下來的傍晚時分，洪治走在附近的坡道上準備回老家一趟。他已經好幾個月沒回家了。走到坡道上方，不經意地看著白天時還很晴朗的天空，發現坡道下方不遠處冒起濃濃黑煙。洪治情不自禁地全速跑下坡道，衝向黑煙的方向，看到了火災現場。火勢已經十分猛烈，根本難以靠近，在馬路上圍觀的附近居民都屏氣凝神地看著一片火光中的房屋。

那一幕發生在轉眼之間。

即使現在回想起來，仍然覺得以當時雙方的距離，根本不可能拉住突然從冒著濃煙的房屋大門衝出來的年輕男子。然而，男子再度衝進猛烈火勢中的前一刻，那緊咬雙唇、快要哭出來似的壯烈表情，即使想忘也難以忘記。

洪治至今仍然沒有告訴曜子，自己曾經親眼目睹那場火災。一直覺得有朝一日必須告訴她，但直至今日都無法啟齒。

洪治從翌日早報的報導中，得知曜子的弟弟不良於行。

看到這篇報導時，洪治茫然若失地躲進自己房間半天。

和曜子建立這種關係後，洪治不時思考，這到底是怎樣的因緣際會。曾經有一段時間，他認為是一種神奇的緣分把他們連結在一起。然而，如今卻認為這種關係根本不可能健全。照理說，自己根本沒有資格和曜子交往，正因為如此，交往將近一年，仍然缺乏可以感覺到彼此關係密切的東西。繼續這樣下去，只會讓曜子越來越散漫。洪治剛才站在曜子的老家前，痛切地認識到這一點。

在玄關迎接的曜子仍然穿著外出服。

「你今天很晚嘛。」

說著，她穿起手上的大衣，把站在門口的洪治推出門外，一起來到走廊上，一邊鎖門，一邊說：

「今天難得去外面吃吧，我請客。」

洪治渾身都凍僵了，不太想出門，但每次面對曜子的強勢都無法提出不同意見。

來到高架橋另一側的大馬路上，曜子攔下計程車，對司機說：「請到大宮車站附近。」一靠在座椅上，重重地嘆了一口氣。他們每次出去吃飯都去大宮，她覺得去大宮不會被人看到，但洪治覺得根本是杞人憂天。雖說是外食，但幾乎都是去串烤店或是居酒屋，曜子拚命灌酒，每次都是洪治買單後，帶著爛醉如泥的她回家睡覺。

果然不出所料，今天也來到常去的「鳥幸」，用生啤酒乾了杯。

曜子一口氣把大杯啤酒喝得精光。雖然洪治早就習以為常，但看到她一開始就這麼喝，不禁感到有點不妙。曜子立刻續了杯，喝了一口後，把杯子放在桌上，突如其來地說：

「我被公司解雇了。」

洪治大驚失色，「啊」地叫了一聲。

「當然，這件事和你完全沒有關係。」

她的臉上帶著笑容，探出身子問：「你最近怎麼樣？每天都在跑嗎？」然而，她剛才的話無法充耳不聞，而且洪治很清楚，如果現在改變話題，等她喝醉了，就會糾纏不清。所以，他稍微改變語氣問：

「妳說解雇是什麼意思？」

曜子立刻露出故弄玄虛的表情，大口喝著第二杯啤酒。

「為什麼會解雇妳？」

「我怎麼知道？」

最近和曜子聊天總是這樣。

「難道是那家超市倒閉了嗎？」

雖然是曜子主動提起這件事，但如果不這樣套話，她就會意興闌珊。腦袋靈光的女人真麻煩，洪治暗自想道。

「好像是。前天總公司找我去，我真的體會到什麼叫青天霹靂了。」

「然後呢？」

「沒什麼然後，就這樣而已。」

「我問的是，妳為什麼會被解雇？你們公司並沒有倒閉，只是那家店要收攤而已，不是嗎？」

第一代老闆把「Hello Day飯塚」出讓給大型超市連鎖店的旗下。兩年前，這家連鎖超市因為近年業績惡化，被加拿大的連鎖商店買了下來。曜子在監查法人時代負責超市連鎖店的業務，所以是利用當時的人脈關係進入飯塚就職。飯塚的店長是兼任的，並沒有常駐在店裡，由店長代理兼銷售課長的曜子負責實質的業務。

「是沒錯，但他們可能想解雇我。」

因為今晚洪治格外機靈，曜子終於認真回答了他的問題。

「但他們並沒有明確說要解雇妳吧？也許只是換到其他店。」

「我才不要。不是我自誇，自從我來之後，那家店才終於步上正軌。這三年，業績成長也相當驚人，這一季終於出現了盈利。他們莫名其妙地收掉這家店，我當然不服氣。我絕對不同意把這家店收起來，你是外人，怎麼可能瞭解我的感受？」

曜子已經改喝葡萄酒沙瓦，仍然一口接一口地喝不停。

「也許是這樣，但也必須因應潮流的趨勢。聽說明年要在國道旁開一家

Jasco，你們公司可能是為了因應這種情況，才會考慮撤退吧。」

經濟不景氣持續這麼久，許多商家即使沒有虧損也不得不縮小規模。洪治之前工作的那家公司也背負了五千億圓的有息負債，正瀕臨破產邊緣。

「搞什麼？你居然幫總公司說話？」

「我不是這個意思，我是說，先不管心情如何，不妨靜觀其變。」

「觀什麼？」

「我的意思是，急性子容易吃虧。總公司一定知道妳的能力，不可能解雇妳。」

「是嗎？」曜子打量著洪治的身體，「你這種無所事事的米蟲憑什麼說得煞有介事？」

洪治沉默不語，曜子似乎覺得有點愧疚，從盤子裡拿出一根串烤遞到他面前說：

「給你，雞肝都是你的。」

洪治接過雞肝吃了起來。

「啊，真是受夠了，每件事都讓人心煩。人生無論再怎麼忍耐、再怎麼打拚也無可救藥了。」

洪治在腦海中回味著這句話，想起剛才出門時，自己也嘀咕了同樣的話。

✦

今晚的曜子很快就醉了。

她難得自己買單，不到十點就走出店裡，但走起路來搖搖晃晃，舌頭也打結了。

回到公寓差不多十點半，或許是坐計程車讓醉意更濃，下車的時候已經暈頭轉向了。洪治攙扶著她走上樓梯，從她大衣口袋裡拿出鑰匙開了門。不知道曜子的意識到底是清醒還是模糊，她像往常一樣不斷發出呻吟。她只有像現在這樣醉倒的時候，才會乖乖聽洪治的話。

洪治打開空調，俐落地幫曜子脫下衣服，換上她喜歡的運動衣和寬鬆褲，抱著她走進臥室，把她放在床上。不知道是否醉意正濃，她皺著眉頭，一臉痛苦的表情，翻了好幾個身。

「要不要喝冰水？」

洪治問，曜子閉著眼睛搖頭。

洪治關燈後，走進廚房，從冰箱裡拿了一罐烏龍茶，站在原地一口氣喝完了。冰冷的液體滲進被酒燒燙的身體。他關上客廳和臥室之間的門，坐在沙發上。

原本下定決心以後再也不來這裡了，但剛才店裡太吵，根本沒辦法談這件事，況且，今晚她因為飯塚倒閉的事情緒低落，洪治難以啟齒，結果又重蹈覆轍。

不然，先讓她睡一下，晚點再叫她起來好好談一談。但她醉成這樣，睡三、四個小時也不會醒。

今天就先回家吧。

洪治環視空盪盪的室內。廚房吧檯對面放了一張小餐桌，門旁放著電話架，旁邊是一個大型滑動式書架。窗邊放了一台二十一吋的電視錄影機，鋪滿四坪大空間的灰色地毯上放了這張沙發。牆上掛著飯塚超市的月曆，印著隨處可見的歐洲風景。單調無趣的房間沒有半點女人味，書架的前排幾乎都是實用書，後排密密麻麻的都是據說她很喜歡的希臘、羅馬神話的書，和一些舊的文庫本小說。

唯一和這個家的感覺格格不入的，就是設置在玄關旁和室內做工考究的佛堂。

曜子每天清晨出門上班，除了星期三上早班以外，幾乎都要工作到晚上九點超市打烊，沒有週末。超市打烊後，還要整理帳冊之類的，回到家裡通常都十一點多了。午餐都和烹飪部的人一起吃供餐，除了星期三以外，晚餐都吃超市剩下的熟菜簡單應付。

這三年來，她一直持續這種寂寞的生活。

洪治現在才發現，也許對曜子來說，和自己每週一次共進晚餐的意義比自己所認為的更加重大。這些年來，她全年無休地付出，業績終於有了起色，如今這家店突然要關門大吉，對她來說，所承受的打擊也應該比自己想像得更加嚴重。

洪治站了起來，一看時鐘，已經十一點半了。外面應該寒風刺骨吧，他很不想現在走回去，但天氣這麼冷，睡在沙發上會感冒。臥室內悄然無聲，她似乎已經睡熟了。

他從電話架上撕了一張便條紙，寫上：「我走了，鑰匙會留在信箱裡」，放在桌子上，關了客廳的燈走到玄關時，不經意地瞥了一眼旁邊的和室，平時都緊閉的拉門微微開了一條縫。

洪治這才想起這一陣子都沒有上香，好像去年七月的忌日供奉花束和廉價的供品後，就沒有再祭拜過。當時曜子絲毫沒有高興的樣子，反而好像覺得他多管閒事。

之後，他就不再祭拜。

今天可能是最後一次了。洪治隱約有這樣的感覺，脫下穿到一半的鞋子，拉開拉門，走進和室。打開天花板上的螢光燈，跪坐在還很新的佛堂前。

曜子母親和弟弟的遺照並排放在牌位前。

照片中的曜子母親面帶笑容，感覺十分年輕，她弟弟臉上還帶著稚氣，露出親切卻有點靦腆的笑容。他好像和誰長得很像，洪治想道。對了，好像和那本詩集的八木重吉照片有點神似。

照片中的這張臉和那天他為了搶救留在二樓的母親，再度衝進火場前，最後那一剎那的表情在洪治的腦海中不知不覺地重疊在一起，想到他不是以照片中的表情，而是帶著那張臉死去，洪治胸口一陣揪心的疼痛。

聽說他當時才十九歲，他比現在的自己年輕十歲就踏上了黃泉之路。

人生無論再怎麼忍耐、再怎麼打拚也無可救藥了——曜子的話在他耳邊響起。她一定每天早上和晚上，都對著母親和弟弟的笑臉合掌，深深體會到這一點。

洪治離開和室回到臥室。曜子睡得很沉，發出均勻的呼吸。當他鑽進曜子的身旁，她很自然地鑽進他的懷裡。洪治緊緊摟著她，閉上了眼睛。

✦

遠處傳來水聲，微微的亮光照進室內。

門打開了，有人走了進來。到底是誰？

「你要不要喝？」

曜子拿著杯子的手伸到洪治的鼻尖，洪治瞇著眼睛坐了起來，喝下了遞過來的水。

「現在幾點了？」

曜子的身影漸漸清晰。

「三點左右吧。」

曜子接過空杯子，放在床頭櫃，關掉客廳的燈，關上門，再度睡在床上。

黑夜和寒冷促使洪治也趕快上了床。

一陣沉默。

「妳睡了嗎？」

洪治先開口問道。

曜子沒有回答，但洪治知道她並沒有睡著。

過了很久。

「其實……」

她用沙啞的聲音說道。

「那天我去紐約並不是因公出差。」

洪治聽到她吞口水的聲音。

「你知道我說的是哪一天吧？」

洪治無言地點點頭。

這是曜子第一次提到「那一天」。

曜子重重地嘆了一口氣，開始娓娓訴說：

「當時，我和一個有婦之夫外遇，他是報社記者，既酗酒又嗑藥，簡直無可救藥，他一定是發自內心對他太太和我感到厭惡，所以辭了原本的工作，在通信社另外找了一份工作，不告而別，一個人逃去美國。你也知道我的個性，得知這個消息，立刻火冒三丈，向公司請了假，一路追到了紐約，徘徊在烈日當頭的紐約街頭。火災發生時，無論公司還是好朋友，甚至那個男朋友也不知道我的下落，直到我媽和弟弟死了兩天後，我才得知這個消息。回到日本後，叔叔和嬸嬸已經幫忙張羅好了，他們都變成了骨灰，聽說他們已經面目全非了。在回程的班機上，我很擔心自己會發瘋，責怪自己到底在幹什麼。我太自私，自以為有點小聰明，從小就驕傲自大，說什麼自己會照顧好我媽和弟弟，結果根本沒有為他們做任何事。消防隊無法確定起火原因，但起火點在二樓，一定是我媽在佛堂點蠟燭時不小心發生了意外。我爸很早就死了，弟弟也因為車禍不良於行，我媽整天悶悶不樂，每天都在唸經。」

曜子用淡淡的口吻說到這裡，再度陷入沉默。

洪治覺得自己該說點什麼，卻不知道說什麼才好。即使是謊言也無妨，這種時候必須說幾句安慰話……但是，他還是說不出口。

曜子，並不是妳的錯——真的是這樣嗎？這也是沒辦法的事——真的是這樣嗎？事到如今，再煩惱也於事無補——這倒是真的。只是運氣不好——這也是真的。乾脆把所有的事都忘了吧——也許吧。

到頭來，自己只會說「事到如今，再煩惱也於事無補，不是妳的錯，所以，趕快忘了吧」這種話。然而，現在當然不能說這些話。

「我覺得，」曜子突然說道：「我已經完了，我真的已經完了。」

這時，洪治終於發現，這種時候，人其實並不需要別人說什麼。

「我也一樣，我也完蛋了。」

需要的只是共鳴和同意。想到這裡，他的心情稍微輕鬆了。

「我整天碌碌無為，也不想做任何事。」

空氣越來越冷，漆黑中瀰漫著沉默，更增加了黑夜的濃度。

「乾脆一死了之，」曜子冷不防說道，震動了凍結的空氣。「我只剩下這條路了。」

洪治清楚地聽到她說這句話，並沒有太驚訝。

「即使活著也沒意思。」

洪治默默無言，不知道為什麼，腦海中突然浮現出剛才在佛堂看到的遺照。他覺得活著沒意思，死了也沒意思。反正這個世界既沒有謊言，也沒有真相。

曜子緩緩坐了起來，下了床，打開燈。突然的亮光令洪治感到目眩，曜子大聲地走出臥室，洪治也慌忙坐了起來。正當他起身準備追出去時，隔壁房間傳來聲音。打開櫃子門的聲音，拉開抽屜的聲音，然後是找東西的聲音。

他坐在床上等候，曜子走了回來。

她手上拿著一個大盒子。

曜子上了床，盤腿而坐，然後，把盒子放在兩個人的中間。那是一個奶油色的大餅乾盒，上面寫著：「Dry Cake WEST」。曜子瞥了洪治一眼，打開蓋子，從裡面拿出各種不同顏色的藥劑鋁箔硬質膠片。看到藥劑的量，洪治忍不住瞪大眼睛。

「很厲害吧？」

「這些藥從哪裡來的？」

曜子把鋁箔硬質膠片抽了出來，再把藥丸一顆一顆地擠出來。

「之前那個男朋友平時整天都吃這些安眠藥和抗憂鬱劑，我一怒之下，統統沒收了，但又不能丟掉，所以就偷偷收起來，結果就變那麼多了。」

「這些都是安眠藥嗎？」

「應該還有抗憂鬱劑和鎮靜劑吧，但我分不清什麼是什麼。」

不一會兒，藥丸堆成了一座小山。中途洪治也拿起鋁箔硬質膠片協助她，花了不少時間才把所有藥丸都取出來。

眼前的藥丸小山已經無法用一隻手抓住。

兩個人都出神地看著那座小山好久。

「但是……」洪治看著藥丸嘀咕：「吃下去真的能死嗎？」

「應該吧。」曜子回答說：「有一次他告訴我，我吃的是巴比妥系的藥，所以可以用來自殺。」

她伸手拿起其中的一顆，

「我記得他好像說，這和太宰治吃的是同一種類的藥。」

「是喔。」

洪治也拿起一顆放在眼前，那是很平淡無奇的白色錠劑。
「有酒嗎？最好是日本酒。」
聽到洪治的話，曜子抬起頭，滿臉訝異地看著洪治。
「有是有。」
「可不可以請妳拿來，順便把杯子帶來。」
「洪治，你真內行。」
曜子嘀咕後，下床走向廚房。洪治立刻把手上的那顆藥放進嘴裡，在舌頭上舔了舔，淡淡的苦味在嘴裡擴散。
曜子抱著一公升的酒瓶走回臥室。
「這好苦。」
洪治笑道，曜子的嘴角也漾起淡淡的笑容。
洪治接過杯子，伸出杯子說：「倒滿。」她站在原地幫他倒酒。洪治一口氣乾了杯，一股熱流流入胃袋。他再度伸出杯子，催促說：「再一杯。」曜子這次只幫他倒了半杯，「怎麼了？」洪治問。曜子露出奇特的表情幫他倒滿。

洪治又一飲而盡。

曜子抱著一公升的酒瓶坐在床上，把藥劑小山的一部分震塌了。

「啊呀呀。」

洪治驚叫起來，渾身的毛孔好像頓時完全張開了。藥效已經發作了嗎？只吃了一顆，怎麼可能這麼快？但他可以感受到心情漸漸變輕鬆，他從來不曾體會過這種奇妙的解脫感。

坐在對面的曜子從崩塌的地方拿了五顆藥，放在手心端詳片刻，閉上眼睛，丟進了嘴裡。然後，拿起一公升的瓶子，直接把酒倒進了喉嚨。

她的樣子實在太好笑了，洪治大聲地調侃說：「真不愧是女中豪傑。」曜子嘆了一口氣，露出困惑的表情。

洪治從山頂抓了一把藥，不假思索地全部丟進嘴裡，有幾顆從嘴角掉了下來。他不以為意，從曜子手上搶過酒瓶，也直接對著瓶口喝了起來。酒和藥混在一起，快要溢出來了。

他丹田用力，一口氣吞了下去。

不一會兒，腦袋感受到一陣劇烈的衝擊，好像有一根滾燙的木樁打進腦漿。身體忍不住搖晃了一下。他咬著嘴唇，低下頭，拚命忍耐著。

他猛然抬起頭。

「有什麼好笑的？」

不知道為什麼，曜子露出哀傷的表情。洪治完全不知道自己在笑。

「太猛了、太猛了。」

聲音好大。是自己在說話嗎？還是曜子？洪治感到納悶。

他用酒瓶支撐著身體，再度伸向藥山。雖然手已經不靈活了，但他還是抓起一把藥塞進嘴裡。這一次，他把藥劑咬碎了，強烈的苦味刺入鼻腔，他慌忙灌了酒。

房間開始旋轉。他看到眼前的曜子好像在撿馬路上零錢般，楚楚可憐地撿起四處散落的藥丸，然而，感覺好遙遠，動作也很緩慢。

時間走得好緩慢，洪治心想。啊，我終於找回了自己的時間。一陣令他想哭的安心感變成一層膜，籠罩了他的意識。

給我、給我，給給給我——曜子的臉扭成一團，不停地懇求著。然而，洪治覺得自己彷彿在水中，無論身體和心情都懸空，聲音、顏色和形狀都腫脹起來，缺乏真實感。

「給給給我。」

洪治兇神惡煞般地推開曜子伸到他面前的雙手，再度把手伸進只剩下三分之一的藥山。他已經神智不清了，只是不停地把碰到嘴唇的藥丸吞下去。有什麼東西不停地從口中溢出，好像在嘔吐，但既沒有濕濕的感覺，也沒有惡臭，完全沒有任何不舒服。

他緊抓著酒瓶不放。

拿起酒瓶，把臉貼上瓶身。

冰冰冷冷的感覺好舒服。

不久之前洪治發現，從三樓病房的窗戶眺望後方的堤防，在一片嫩草中，沿著岔道的一角，有一小片黃色的草花。他曾經問來幫他倒茶的歐巴桑：「那是什麼花？」她親切地回答說：「喔，應該是福壽草，最近天氣突然變熱，所以一下子就開了。天氣好的時候，會開一整片，很漂亮。」

今天從一大早就晴空萬里，洪治一起床就往窗外看，發現那片漂亮的黃色在春光下，被新綠襯托得更加亮麗。

前天他終於可以站立起來了，昨晚終於繞著病床走了一圈。起初十分悲觀的物理治療師佐伯先生看到洪治恢復得如此迅速，也終於在昨天驚訝地說：「這麼看來，半個月之後，就可以下床走路了。」

今天是洪治醒來的第十天。

他在一月二十三日黎明被抬進這家醫院，據說當時處於幾乎沒有意識，呼吸也即將停止的狀態。主治醫生金田醫生說：

「照理說應該絕對救不活，可見你的生命力有多強。並不是你努力，而是你的身體違背你的意志，所以才能得救。千萬別再浪費自己的生命了。」

聽阿稔說，在採取急救措施脫離第一次呼吸停止的狀態後，轉移到這個病房的第五天，血壓再度急速下降，第二次發生呼吸停止。金田醫生和醫療人員拚命搶救，才終於讓他恢復呼吸，身體狀況也漸漸穩定。

然而，他還是繼續昏睡，完全沒有意識地沉睡了整整一個月後，醫療團隊開始認為他清醒無望。

沒想到在三月十九日深夜，洪治在昏迷第五十六天後恢復了意識。無論家屬還是阿稔，還有醫生、護士都用奇蹟降臨的眼神迎接他的生還。

然而，洪治完全不知道發生了什麼事。張開眼睛時，根本不知道自己身在何處，也難以相信自己沉睡了將近兩個月。他記得那天晚上在曜子家吃藥的事，但細節部分只有斷斷續續的記憶。即使現在，仍然對吞了藥後，被送到醫院的情況一片空白。聽說被抬上救護車後，還在痛苦掙扎中向救護隊員回答了自己姓名和年齡，但洪治完全沒有記憶。

洪治曾經在十九日深夜一度清醒，金田醫生趕來做了簡單的診察後，他又睡著了。翌日早晨起床時，就完全清醒了。雖然胸前還插著中央靜脈營養的導管，但立刻拔除了導尿管，可以自行上廁所了。

他下了床，穿上拖鞋，伸直膝蓋時，才發現兩腿完全無力。

醫生告訴他：「這是呼吸停止時，腦部缺氧，導致中樞神經障礙的後遺症，所以，兩腿麻痺的症狀應該很難消失吧。」但洪治知道，自己的腿很快就會恢復。他的腰部感覺已經恢復，腳踝和腳尖也不會太麻木，他從之前膝蓋受傷的經驗知道，這只是長期臥床不起造成肌力衰退和關節暫時僵硬而已。所以，即使聽到醫生這樣的診斷也完全不擔心。果然不出所料，經過幾天的復健，腳的狀態越來越好。按照目前的情況，不要說半個月，四、五天後應該就可以正常走路了。

曜子每天都來探視他。

因為是個人病房，這家醫院的管理也比較寬鬆，再加上造成這次住院的來龍去脈，院方也提供了方便。曜子每天清晨、中午和下班後都來醫院三次，雖然早晨和晚上不是面會時間，但她從不缺席。聽阿稔說，她吃下的藥劑量比較少，在洗胃、吊點滴和瀉藥後，症狀就消失，住院一天就出院了。這兩個月來，她每天都來醫院報到。

那天是曜子叫的救護車，在救護車上打電話給阿稔的手機。當阿稔火速趕到醫院時，曜子已經處置完畢，雖然吊著點滴，但意識十分清楚。

洪治很慶幸得知曜子平安無事。當他清醒後，第一件事就是向護士打聽曜子的情況。

洪治清醒的翌日白天，終於再見到了她。那天早晨，洪治的父親和母親來到醫院。

「不要再做這種蠢事。」

父親眉頭深鎖，冷冷地說道。母親不停地哭泣。

父親坐了不到一個小時就去公司了，母親一上午都在病房，留下一句：「傍晚我會再來，到時候會帶點菜給你。」先回家了。不一會兒，曜子就出現了。

曜子拉開簾子，探頭進來，和洪治視線交會時，立刻愣在原地，露出難以形容的表情。洪治看到她，內心也感慨萬千。曜子緩緩走到床邊，坐在洪治母親剛才坐的鋼管圓椅上，目不轉睛地看著洪治的臉。

「對不起。」曜子尖著聲音說道：「洪治，真的很對不起。我打算用餘生補償你。」

她深深地鞠了一躬。

「又不是妳的錯。」洪治小聲地嘀咕：「幸好妳沒事，我才應該向妳道歉。」

一看到她瘦了一大圈，洪治發自內心這麼覺得。昨天晚上，得知曜子獲救後，洪治由衷地慶幸自己活了下來。想到如果自己拋下她離開人世，將會對她造成多大的傷害，不禁不寒而慄。從吞下第一顆藥之後，不，應該在更早之前，自己就從來沒有為她考慮過。雖然對當初的記憶很模糊，但自己只是借著醉意吞藥，根本沒有多考慮。

曜子突然放聲大哭了起來。

「對不起，真的對不起。我只想到自己，根本不瞭解你。我之前那麼後悔，沒想到又犯下相同的錯誤。」

她趴在病床上，抖動著全身哭了起來。

洪治啞然看著她瘦削的背部。

洪治把午餐吃得精光，在病床周圍走來走去，雙腿的情況比昨天更有進展。他繞了三圈，躺下來後，腰部懸空，做了伸展雙腿的運動。這兩個月以來，全身的肌肉都退化了。脖子、手臂和腹部都無法用力。或許勉強可以步行，但可能需花費很長的時間才能再跑步吧。出院後，洪治不想做那種不痛不癢的復健訓練，而是進行自己的訓練項目。

今天，他打算外出走走。擔任看護助理的小女生會在一點的時候推輪椅來帶他出去。早晨量體溫時，洪治曾經拜託護士，剛才接到通知說，醫生已經同意了。他打算請護士助理帶他去每天從窗戶看到的那個堤防。

洪治放下雙腳，做輕度仰臥起坐時，忍不住思考曜子的事。

聽醫生說，洪治可能因為後遺症不良於行時，曜子頓時慌張失措。這也難怪，她一定想到了她的弟弟，忍不住感到自責，但她的慌亂程度超乎尋常，即使洪治再三告訴她不需要擔心，她仍然執意說：

「我會照顧你一輩子。」

之後，她一直把這句話掛在嘴上，反而讓洪治心情沉重。雖然昏迷了兩個月，但現在一天一天好起來，她根本不需要想得那麼嚴重。當初並不是洪治不想吃藥，她用力硬塞給他吃，而是洪治主動吞下那些藥丸。

看到她的這種態度，洪治感到有點納悶。五天前，不經意地向阿稔打聽，終於瞭解曜子會這麼說的真正原因了。

關鍵在於她誤會了。

她誤以為洪治是為了不讓她吃藥，所以才會一個人拚命吞下這麼多藥。在洪治沉睡期間，她也這麼告訴洪治的父母和阿稔。

「洪治是為了救我才吞了這麼多藥，全都是我的錯。」

從住院的那一天開始，她就一次又一次哭著這麼說。

聽阿稔這麼說，洪治終於明白了一切。

曜子不僅後悔帶洪治一起走上絕路，更把他視為救命恩人。

不過，老實說，無論再怎麼努力回憶，洪治當時都不是為了救曜子才吞那麼多藥。他配著酒吃下第一顆藥後，轉眼之間就醉了，結果就糊裡糊塗地接二連三吞了一大堆藥。

當然，他很坦誠地把這件事告訴了曜子。

「但是，當我想要吃藥時，你好幾次都把我的手推開，不讓我吃。最後還把我推開，幾乎一個人把那麼多顆藥都吞了下去。」

洪治記不清當時的細節，只隱約記得意識變得模糊之前，之所以會推開她的手，是為了阻止她搶走自己手上抱著的一公升酒瓶。

但是，無論再怎麼解釋，曜子始終不願意收回自己的話，最後甚至有點賭氣，反而更變本加厲地說：

「我會照顧你的將來。」

✦

曜子昨晚離開時告訴洪治，今天和明天不能來看他。她的工作似乎很忙，這個星期六、星期天也要臨時去出差。洪治聽母親說，飯塚將營業到下個月底，超市已經開始舉行清倉大拍賣。曜子一定忙於處理相關事務。洪治沒有問她是否已經決定日後的動向，因為當初就是聊到飯塚超市關店的事才會鬧出自殺風波，所以，洪治無意提起那家店的事。洪治的母親也因為這件事辭了工作，也就不知道曜子的情況。

洪治的母親至今仍然沒有原諒曜子，卻沒有對她惡言相向，想必是因為發生了這麼大的事情，不願再刺激他們。但把當初協助他們隱瞞的阿稔罵得狗血淋頭，阿稔苦笑著說：「真是讓我哭笑不得。」

想到今天曜子不會來，洪治從早晨開始心情就很輕鬆。他很想早日出院，讓她趕快擺脫這種異常的狀態，同時，也希望早日遠離她那分令人望而生畏的熱情。

雖然他們是如假包換的共同自殺未遂，但洪治覺得自己的情況和這個字眼給人的印象相去甚遠。如果是兩個愛得無法自拔的人因為某種苦衷而殉情自殺還情有可原，然而自己和曜子之間的關係並沒有這麼如膠似漆。相反的，正因為他們的感情沒有到這種程度，才會在出人意料的狀況下，做出這種丟人現眼的事。兩個自殺未遂的人仍然繼續交往，簡直就像在落幕後，繼續歹戲拖棚，反而感到很不自然。雖然差一點送了命，但曜子與生俱來的強勢並沒有改變，自己也和以前沒什麼兩樣。

洪治辭去工作時，曾經以為任何人在五年之內，都會遇到一、兩次機會，沒想到卻是這種結果，讓他深刻體會到自己的膚淺。

原本還天真地打算在找到非要活下去，或是只能活下去這種迫切的理由後再度工作，但經過這次的事，洪治深刻體會到，如果沒有非死不可或是只有死路一條的迫切理由，人就必須活下去。

反正，人生就是這麼一回事。

「你好。」隨著一聲清脆的聲音，看護助理大町小姐推著輪椅走了進來。才剛吃完飯而已，已經這麼晚了嗎？洪治嚇了一跳，抬眼看架子上的時鐘，發現剛好一點整。自從清醒過來後，覺得日子過得一天比一天快。

對了，洪治突然想起一件事。

在吃藥失去意識前，曾經覺得自己在緩慢的時間中遨遊，那種難以形容的甜美舒適感在洪治的身上留下了強烈的、難以忘記的餘韻。

大町小姐堅持：「這是規定。」洪治只好坐在輪椅上，讓她從病房一直推到醫院外。

終於接觸到外界的空氣了。

太陽在高空綻放光芒，放眼望去，眼前的風景充滿春光。離開狹小的病房，投身於寬敞的空間，可以感受到渾身的感覺細胞都張開了毛孔。輪椅經過入口，沿著停車場旁坡度緩和的散步道靜靜地往前走，繞過看起來像是新建的門診大樓，不到十分鐘，就來到醫院後方的堤防前。由於整個醫院位在小山丘上，可以眺望整個堤防和前方的農田。

眼前是一片綠野。

堤防有好幾條路通往農田，農田和堤防之間的農業灌溉渠道上有好幾座小木板橋。

洪治看向左方，在岔路的角落發現了那片福壽草。

「麻煩妳帶我去那裡。」

他指著黃花的方向說。

「哇，好漂亮。」

大町小姐驚呼道。

他們又往山丘下走了將近十分鐘。乾土路上沒有鋪柏油，車輪不時被路旁的雜草卡住，大町小姐手忙腳亂。洪治問了好幾次：「我下來吧？」但她每次都很好強地說：「不用。」洪治只能作罷，決定好好享受眼前的美景。

在病房的時候沒有切身的體會，此刻卻感受到春天真的來了。他終於體會到沉睡的五十六天是多長一段日子。原來我跨越了冬季。想到這裡，就覺得有點好笑。這應該是這輩子的第一次，也是最後一次。

那片花叢在路旁兩公尺左右的緩和斜坡上，近距離觀察才發現比原先以為的更大，在新綠根部的枯草縫隙中竄出無數福壽草的蔓莖，盛開著鮮花。正如醫院那個歐巴桑說的，花朵在清新的陽光下，對著天空盡情張開花瓣。橘黃色的鮮花在支撐著花瓣的灰綠色葉子和花莖的襯托下，更增添了幾分鮮豔。

他按摩著雙腿，眺望著花叢。

靜靜地坐在那裡，可以感受到微風吹來。福壽草輕輕搖曳，黃色的花搖頭晃腦的樣子惹人憐愛。這些花也很勇敢地活著，向遠方延伸的天空和迎面吹來的春風，都齊心協力地活著。

就在這時。

洪治內心突然湧起激烈的感情。

在內心翻騰的情感浪潮彷彿從照射大地的燦爛陽光中獲得力量般，不斷不斷地升高，也越來越洶湧。

我為什麼會做那種蠢事？

波濤前端濺出的浪花彷彿包圍了洪治的全身，他深深地覺得，彷彿這一刻才真正清醒般。

這個世界或許沒有謊言，也沒有真相，然而，倘若真的如此，不，正因為這樣，自己此時此刻身在此處才是唯一真實的事。即使這是錯覺或是幻覺，任何人都無法從這個世界得到更真實的事。

這到底是怎麼回事？這雙眼眸所看到的如夢似幻而又楚楚可憐的鮮花、如夢似幻般的藍天；皮膚所感受到如夢似幻的輕風、如夢似幻的暖陽；鼻子嗅到的如夢似幻的春天清香，都融化在如夢似幻的自己體內，所以才會這麼美麗、這麼溫馨。

啊，我怎麼會做這種蠢事？即使是謊言、即使是夢幻，但自己還有感受喜悅的能力。即使捨棄了出生、境遇、生活、過去和一切，仍然具備如此真真切切的能力。

真可憐，洪治心想。

做出那種事的自己實在太可憐了，他進一步想道。曜子太可憐了，她現在一定仍然很想一死了之，所以才會那麼感激洪治。她找不到其他生存的方式、找不到生存的理由，即使明知道是謊言，仍然試圖相信那天晚上的洪治是為了救她而大量吞藥。她只能這麼做，為了生存，她既不能有謊言，也不能有真實。

大家真的很可憐，洪治想道。

年僅十九歲就命喪黃泉的曜子弟弟很可憐；一起喪命的曜子媽媽很可憐；上吊自殺的前輩很可憐；留下兩個稚兒撒手人寰的重吉很可憐；送命的特攻隊員很可憐；至今仍然在戰爭中與死亡共舞的人很可憐。世上的每個人都很可憐。

可憐啊可憐，真是可憐得要命。

當他回過神時，發現淚水奪眶而出。淚水順著臉頰滑落，滴落在草上。他用手掌擦著眼淚，仔細撫摸著伸直的雙腿。

真對不起這雙腿，真的很抱歉；還有這雙含淚的雙眼、這個不安分的鼻子、這張臉、這雙手臂、這個胸部還有腹部，真的很對不起；也對不起授予我身體髮膚的父母；更對不起這個世界整體，對不起空氣和風，對不起太陽和搖曳生姿的青草，對不起遠方的流雲和藍天，對不起灌溉渠裡的潺潺流水、大地。自己對舉世萬物做了無可挽回的錯事，洪治深刻體會到這一點。

四月十七日星期四，洪治順利出院了。

精密檢查的結果沒有問題，兩腿的狀況也大為改善。上週得到金田醫生的許可，可以在醫院周圍慢跑。由於這一陣子生活有規律，再加上沉睡期間，體重直線下降，所以洪治感覺步伐已經恢復當年運動員時代的輕快。

我喜歡跑，洪治由衷地這麼想道。

他終於發現，自己並不是想成為田徑選手，而是喜歡跑。如果想要當選手，當初無論發生任何事，都不可能離開田徑隊。原來，曾經不瞭解的事在某一天會像現在一樣豁然開朗。這令洪治感到很不可思議，也許任何事都這樣。

那天剛好下雨，曜子來接他時，雨下得特別大。

他決定今天開始和她同居。曜子很乾脆地答應了洪治突如其來的要求，只回答說：「好啊。」

「這種時候，通常會說『如果你是擔心我才這麼說，真的沒關係啦』，或是『謝謝』，至少也該說『以後請多多關照』吧。」

洪治嘀咕道。

「是啊。」

曜子不置可否地笑了笑。

上個星期，洪治也這麼告訴母親。母親默然不語地聽完後，只說了一句：「我回去和你爸商量一下」就回家了，但洪治從來沒看過母親的表情這麼可怕和緊張。第二天晚上，父親獨自來到病房。

他和父親聊了很多，大部分都是父親的工作和洪治以前上班時的事。這是洪治說要離開田徑隊後，父子兩人第一次好好說話。

父親聊完後站了起來，離開病房，洪治送他到一樓晚間出入口。父親走到警衛室門口時突然停下腳步，看著洪治的臉說道：

「洪治，不要再讓女人有機會說和你一起死。男人死的時候要一個人死，不要帶走任何人。」

洪治回答說：

「知道了。」

「洪治，趕快去找工作，這樣下去，你真的會完蛋。」

父親最後留下這句話就離開了。

出院後要開始找工作，曜子應該也一樣。最近她特別忙，距離超市歇業不到一個月，她來看洪治的次數也越來越少了。

聽了父親的話，洪治終於洗心革面。

從今以後，自己不是為生存而工作，而是為工作而生存。他終於發現，工作就是這麼一回事。

整理好行李，向金田醫生和曾經照顧自己的護士和工作人員道謝後，洪治和曜子上了車。今天曜子開車來接他，回程當然由洪治開車。

「希望這是最後一次因為類似這次的事進醫院。」

金田醫生再次叮嚀道，曜子一臉正色地說：

「我絕對不要再受那種苦。」

聽曜子說，洗胃很痛苦。

「在沒有麻醉的情況下，像水管那麼粗的管子從嘴裡塞進胃裡，而且拚命灌水，肚子痛到快死了，連呼吸也有困難，真的會覺得與其受這種罪，還不如死了算了。事後聽護士說，即使情況不嚴重，醫生也會故意幫病人洗胃，有助於預防習慣性自殺。我相信我就是屬於這種情況。」

洪治洗胃的程度絕對超過曜子，但不知道算不算幸運，他完全沒有記憶。因為雨天塞車的關係，他們三十分鐘後才回到曜子的家。今天晚上，他們要一起去洪治的家。洪治提議今晚他一個人回去就好，但曜子執意和他一起回家。

熄了引擎後，洪治正打算下車，曜子說：

「啊，家裡沒酒了。」

「不需要酒。」

洪治今晚完全不想喝酒。

「不是，是料理用的酒沒了。」

曜子花了一整個下午做菜，準備自備菜餚去拜訪洪治的父母。

「那現在去買吧。雖然今天我公休，但也想去看一下店裡的情況。」

洪治再度發動引擎。

「好啊，我也剛好想去買一雙球鞋。」

雖然經歷了九死一生，但相隔三個月來到這棟公寓前，並沒有出現原先以為會有的感慨萬千。洪治一直想在重啟跑步生涯後，買一雙新鞋，因為這對自己來說，是踏出全新的一步。

「小事一樁，好，那我算你特別折扣。」

曜子神采奕奕地說道。

飯塚超市人滿為患。不知道是否因為大家都擠在門口收傘的關係，門口居然大排長龍。當他們停好車，走下車時，雨已經變小了。曜子撐著傘，洪治也走到她的傘下，和她一起走向超市。

玄關旁的大招牌已經蓋上了藍色塑膠布，店門上的店家標誌上也貼了白色膠帶。

「這些人真性急，不是營業到月底嗎？」

洪治問。

「是啊。」

曜子意興闌珊地回答，催促著洪治說：「走這裡，走這裡。」她帶洪治繞到超市後方，打算走員工出入口。

「我不是員工，還是從正門進去吧。」

「沒關係，反正這家店快歇業了，而且，先熟悉一下也好，跟我來吧。」

她拉著洪治的手往前走。什麼叫先熟悉一下也好？洪治在心裡嘀咕道。這種公私不分不像是曜子平時的作風。

經過昏暗的後門，沒有經過人山人海的一樓，直接搭貨梯來到二樓的日用品賣場。

「還沒買酒呢。」洪治說。

「先去買你的鞋子。」曜子回答說。

二樓也擁擠不堪，每區都貼著「清倉拍賣」的紅標籤，到處都是手拿購物籃的民眾。

「如果每天這麼多人，這家超市就不會倒閉了。」

洪治忍不住說道。

「也不是這麼說，這代表這些顧客都一直在這家店購物。眼前的景象證明了這家店吸引顧客的潛在能力。」

曜子語重心長地說，好像在說給自己聽。

他們來到鞋區。

「你可以隨便選，我送你當賀禮。」

「妳不需要這麼做，根本沒這種道理。」

洪治拒絕道。

曜子答應同居時，洪治要求曜子保證三件事。第一，以後即使開玩笑，也絕對不能說想死。第二，不能自以為是地說要照顧自己一輩子。最後，以後絕對不能喝酒喝到神智不清。對於這三點，曜子也二話不說地答應了。

這裡的鞋款比以前更齊全。洪治發出佩服的聲音，站在賣場的角落，一雙一雙試穿，花了很長的時間挑選。曜子也接二連三地拿來不同種類的鞋款。

「這麼多鞋子，萬一賣不完怎麼辦？應該不能退貨吧？」

「沒事，你完全不需要擔心。」

「也對啦，可以轉賣給其他店。」

曜子沒有回答，只問他：「決定哪一雙了嗎？」

洪治選了兩萬五千圓的鞋子，一看價格標價，發現才一萬兩千圓，還不到半價。

他正打算拿去結帳，曜子又說：「來這裡。」

她走去一旁的兒童服裝賣場的收銀台。

曜子向店員打了聲招呼，走進收銀台，說了聲：「這算我的。」站在收銀台前，面對著洪治露出笑容說：

「歡迎光臨。」

洪治原本想要好好教訓她，又覺得不能當著她下屬的面這麼做，只能把手上的鞋子放在櫃檯上。曜子用熟練的動作在收銀台打上數字，把鞋盒連同收銀機吐出的發票一起裝進袋子。

「謝謝光臨。」

看到她得意的表情，洪治內心的不悅也淡化了。

回到一樓，曜子問：「怎麼樣？好玩嗎？」洪治回答：「還好啦。」

這時，曜子不經意地說：

「我不是莫名其妙送你禮物。」

洪治心裡有點納悶，但並沒有多說什麼。

買完料理酒，他們再度從後門走了出去。

雨不知道什麼時候停了，幾道光線從厚實的雲層中探出頭。

店門前仍然人擠人。他們遠離人群，站在一起眺望著那家店。曜子瞇起眼睛，凝望著這棟老舊的二層樓建築。她應該感慨很深吧，洪治看著她的側臉想道。

「妳之後有什麼打算？」

他第一次提起這件事。

她沉默了很久，似乎欲言又止。

「和以前一樣啊。」

她突然開口說道。

「和以前一樣？」

洪治聽不懂她的意思追問道。

「明天和後天繼續出清拍賣，星期六休息，星期天就重新開張了。」

「什麼？」

洪治瞪大眼睛注視著她的臉。曜子轉頭看著他：

「我買下了這家店。」

「啊？」

「所以，從下個星期開始，這家店就是我的。我用我爸留下的遺產、我媽的保險金，還有賣了那塊土地所剩下的錢，我在公司上班時的幾個客戶也幫忙出資，所以，我就買下了這家店。」

由於事出突然，洪治說不出話。曜子嫣然一笑。

「很厲害吧？」

「但是……」

「這一個月可把我忙壞了，又要照顧你，又要忙這家店。我決定了，絕對不離開這片土地，絕對不讓這家店倒閉。雖然有人認為時下獨立的小型超市很難生存，但我並不認同。有很多廠商都說願意協助我，而且……」

曜子又看了店的方向一眼。

「你看，這麼多客人。這些人多年來都一直在這裡買菜，如果這家店關了，最傷腦筋的是客人，怎麼可以因為公司的政策說關就關，我做不到。無論發生任何事，我都要堅守崗位，為這些客人努力。洪治，你應該也這麼認為吧？」

「也許吧。」

「我就知道。所以，以後，我們要一起經營這家店。」

「我們？是指妳和我嗎？」

「那當然。我們以後必須照顧彼此一輩子。」

「那倒是。」

洪治小聲回答著，難怪剛才曜子帶他走員工出入口，還說「先熟悉一下也好」。

「還是說你不想當超市老爹？」

她突然這麼問，洪治也不知道怎麼回答。

「總之，已經簽了約，沒有退路了。」

看到洪治悵然的表情，曜子一臉為難。事實當然並不完全如此。

「妳不要太自作主張。」

洪治叮嚀道。

「好，以後不管任何事，我會和你商量。」

她立刻煞有介事地回答。

「你過來。」

曜子跑向蓋著藍色塑膠布的看板，洪治也來到看板下方。

仔細一看，塑膠布下方垂著長繩子。曜子拿著繩子的前端說：

「來，你來拉這根繩子。」

洪治還來不及伸手，她就搶過裝著鞋子的紙袋催促說：

「董事長，快點、快點。」

什麼董事長嘛？洪治納悶地接過繩子，雙手用力一拉。隨著一陣刺耳的聲音，塑膠布滑了下來，上面的水滴像下雨般噴在洪治的臉上。站在洪治身旁的曜子濺了滿身雨水，她驚叫一聲。

水跑進了眼睛，看板上模糊的字在陽光中漸漸清晰起來，上面寫著：

阿基里斯超市

「怎麼樣？這個名字很不錯吧？」

曜子有點害羞地說道，又補充說：

「荷馬曾把阿基里斯稱為波達露凱斯❼，據說在希臘文中，波達露凱斯代表全世界跑得最快的人的意思。」

洪治聽到這句話，定睛看著那幾個字，感覺到記憶在腦海中甦醒。剛開始只是很輕微的聲音，他豎耳靜聽，終於發現那是隱約的說話聲。洪治將目光從看板上移開，看著曜子。她一臉擔心地注視著洪治。

這時，洪治感覺到膝蓋以下無力，好像氣球漏氣般，彷彿回到了在病房醒來的翌日早晨，他想試著走路，卻站不起來的感覺。洪治頓時癱坐在潮濕的柏油路面上。

一坐在地上，回響在腦海中的聲音頓時變得清晰起來。洪治雙手撐地，確認著冰冷粗糙的觸感，拚命豎起耳朵。

❼Priamos的別名，也稱為普里阿莫斯。

給我、給我，給給給我。

他終於想起，那是曜子在那時候的聲音。那個聲音變得更加清晰。

還給我，還給我。

洪治知道曜子蹲在自己身旁，他很自然地轉頭看著她。

快吐、快吐，快吐出來。

失去的一部分記憶迅速恢復。曜子想要搶走洪治手上的一公升酒瓶，哭得泣不成聲的臉，以及把手指伸進洪治的嘴，試圖讓他把藥吐出來時的可怕表情，這些畫面都清晰地重現在腦海中，和曜子在眼前的臉重疊在一起。

原來是這樣，洪治不禁愕然。

自己仍然坐在那個洩滿春光的草地上。

在沒有分辨出真相之前，根本不可能知道自己犯下的錯，這是理所當然的事。沒什麼大不了，當時真的想一死了之的是我。當初不是我阻止她死，直到最後一刻，都是她拚命阻止我。找不到生存的方法，也找不到生存的理由，喪失了自己的時間，無法抵抗死亡誘惑的不是她，而是我。不是她相信我、依賴我，而是我相信她、依賴她。而且，為了保護我，她直到這一刻都拚命說謊。她不是為了自己活下去而這麼說，而是為了讓已經心灰意冷、自暴自棄的我活下去，默默地接受了自私任性的我所提出的要求。下定決心痛改前非，重新活一次的不是我，而是她。

我太傲慢、太膚淺了。

我做了那種蠢事，還以為自己在同情別人、憐憫別人、幫助別人。在此之前，從來沒有認真同情過別人，也從來沒有深切地憐憫別人，更從來沒有真正幫助過別人，所以，無法獨自奔赴黃泉，還利用她的痛苦不負責任地做出那種無可挽回的事。

我的耳邊響起一個聲音。

這樣下去，你真的會完蛋——父親說得沒錯。

洪治緩緩站了起來，長褲的臀部都濕了。雖然已經站了起來，但他卻沒有自信可以自己走路。

曜子也站了起來，她緩緩伸出手，用力握著洪治濕濕的手。

「我們走吧。」

洪治看著她的臉，彷彿第一次這麼仔細打量她。

他突然覺得，也許不需要一個人走路也沒有關係。

就好像剛才兩個人攙扶著，從今以後，也可以兩個人一起走，也許這樣也不錯。曾經跌倒的人踏出新的一步時，應該就是這麼一回事吧……。

「洪治，生日快樂！今天是你三十歲生日。」

曜子用宛如在祈禱般的聲音小聲說道。

砂之城

# 1

矢田泰治對自己以往的人生抱著極其懷疑的態度。

他已經過了花甲之年，邁入人生成熟的季節，世人對他有特殊的評價，也獲得了人人稱羨的名聲，然而，這一陣子的他整天感到焦躁不已，彷彿有一種難以形容的鬱悶侵蝕他的內心，緩緩地撕裂他的身體。

矢田泰治以寫小說維生，屬於被稱為文學家的那一類人。

不是作家、小說家，而是文學家的矢田至今為止的人生很充實。在此之前，矢田本人也對此深信不疑。矢田年輕時就是令人刮目相看的作家，寫作動態也很受矚目。他得過無數文學獎，六十三歲的現在，矢田只缺一個世界文學獎，即使是這個舉世矚目的文學獎也指日可待——輿論都如此評論。

矢田泰治是可以代表現代日本文學最著名、地位最崇高的超級明星。

當然，這裡並不是要談矢田泰治的文學，因為國內外已經有無數著作討論他的作品，況且，無論對矢田的作品本身是否有興趣，大部分同年代的人都對他的作品略知一二。

在此想要稍微讓大家瞭解矢田泰治和他絢麗人生格格不入的心境問題。矢田這輩子有三件令他痛恨的事。想要瞭解矢田內心的鬱悶，首先必須列舉這三件事作為準備。其實並不需要特別窺探矢田的內心，挖出他藏在書架深處的數十本日記。因為矢田已經在自己的作品中敘述過這三件事，只是經過了各種加工而已。

⑴矢田泰治在十八歲到二十八歲之間，曾經有兩次企圖自殺，結果都因為決心不夠而未能成功。

⑵矢田泰治在二十五歲結婚的妻子嘉寶麗發了瘋，至今仍然在東京郊區的療養所療養。

⑶和嘉寶麗所生的獨生子英治在父母感情不睦的情況下成長，對矢田泰治恨之入骨，父子兩人的關係比陌生人還不如。矢田和情婦星野喜久子有一個女兒愛實，她天生體弱多病，至今仍然和喜久子一起過著捉襟見肘的生活。

矢田泰治靠著以上三件事確立了文學家的角色，然而，當他利用這種方式得到了一切，站在自我滿足的巨塔中不經意地環顧外界，卻發現成為自己建造的建築物基礎的實際生活實在太寒酸、太悲哀，為此他忍不住覺得心痛，終於對孱弱的自我真相感到悔恨交加——這樣的結論未必太簡單純樸了。

身為文學家，如果因為這麼一點小事就動搖，根本寫不出文學作品。雖然他並非不曾對這些事感到可恥，每次都懊惱地抓著榻榻米，飽嘗流下男兒淚的絕望，但心理學名詞「昇華作用❽」的功能實在是簡便而富有實踐性的真理，矢田泰治每次都鉅細靡遺地記錄最新情況，也因此能將所有事都正當化。

一旦正當化後，就再也不會回到悔悟的範疇。

更何況矢田一年三百六十五天，整天都在閱讀、寫作，勉強算是熟悉思考作業的人，而且憑著敏銳的嗅覺，他隨時在反抗自己周圍那些正常人的可疑評論。對於這種人而言，無論自己走過的路多麼扭曲，都可以為自己做過的每一件事找出理由，將自己的歪理合理化是多麼輕而易舉的事。

矢田畢生投入的文學世界是異常的人生所織就而成的，世界文學的巨大群山宛如扭曲人格累積形成的螞蟻窩。那個世界充斥著比矢田更異樣的人生，充滿了瘋狂。雖然身為遠東島國的文學代表，在世界文壇上只能敬陪末座，然而，至今仍然未能成為聖人的矢田泰治認為，只有像他那種言行一致的文學才是神聖、純潔而又正統的。

為了一窺矢田泰治的鬱悶，不妨就從這件事談起。那是今年十月十四日發生的一件小事。

那天，矢田直到中午都無法起床。

昨晚的喧鬧一如往年，嚴重損耗了矢田的神經，向來有失眠痛苦的他很早就躲回床上，得到了數小時的充足睡眠，然而，即使到現在他仍然無力下床。他七點多就醒了，卻拖拖拉拉地躺在被子裡將近五個小時，體會、玩味著昨晚的失望，為此感到懊惱。

❽將不被社會所接受的動機、慾望加以改變，以較正向且符合社會標準的方式表現出來。

今年最令矢田感到不悅的是當那些記者像潮水退潮般離開不久，就接到了四十年的老朋友小宮麟太郎這一個月以來的第一通電話。每年一到這個時期，矢田和小宮就會突然疏遠。平時幾乎每三天就會電話聯絡，不時相約在銀座一帶吃飯，談論他們各自擔任各出版社主辦的文學獎評審工作，經常把年輕作者的作品說得一文不值。雖然雙方內心覺得事到如今，說了也是無濟於事，但仍然高談文學論，或是聊編輯、同行的無聊八卦。然而，時序一旦進入十月，彼此就完全斷絕聯繫。因為十月是某世界性文學獎公佈的時期，而矢田和小宮都是近年輿論的熱門得獎人選。

兩個人名落孫山已經多年。

去年，輿論認為矢田絕對會得獎，前年的評論也認為該獎非小宮莫屬。然而，兩個人至今為止從未談起與這個獎有關的話題。自從昭和四〇年代某位老作家得獎之後已經過了二十年，至今仍然不曾有日本作家成為該文學獎的得獎者。該獎向來都是由歐美、亞洲、非洲的作家輪流得獎，差不多也該輪到日本了。反過來說，如果矢田或是小宮這兩位實力派候選人的其中一位得獎，就代表另一個人成為落敗者，將永遠失去得獎機會。擅長超現實主義、幻想風格，贏得廣大東歐國家讀者的N先生在前年暴斃後，有資格爭取這個獎項的只剩下矢田和小宮兩人，矢田感受到輿論的壓力，小宮當然也不例外。因此，每年一到這個季節，他們很自然地會斷絕來往。

然而，矢田其實自負地認為自己在這場比賽中比小宮領先一步。綜合熟識的藝文記者每年提供的資訊，矢田可以清楚地瞭解這一點。雖然矢田和小宮翻譯成他國語言的作品量不分軒輊，但如果論翻譯成該文學獎進行評審的北歐語言，矢田的作品量則遠遠超過小宮。雖然外行人無從得知這些訣竅，但矢田認為這無疑是極大的優勢。去年有人說，獎項會頒給遠東地區的作家，在日本的矢田很有機會得獎。一年前的現在他曾經緊張不已，而今年的評價更令人滿意，也因此讓他對昨晚的結果相當失望，感到心如刀割。

結果由非洲某國的黑人女作家得到該獎。

那個國家剛好在政治上面臨巨大的改革，廢除了多年的種族隔離政策，終於建立前所未有的黑人政權，矢田不難理解該文學獎一如以往地因為政治理由頒給了那位作家。就在矢田正在熱潮退去的家中自我說服，對這樣的結果雖不滿意、猶尚可接受之際，接到了小宮的電話。

「你那裡的情況怎麼樣？那些記者已經離開了嗎？」

小宮一派輕鬆地劈頭問起文學獎的事。想必小宮家裡剛才也被聞訊趕到的報社和電視台記者擠得水泄不通。

「唉，每年我們都很累啊。」

矢田也故作平靜地輕鬆回答，絕對不能讓他察覺內心的失望。

「哈哈哈，的確是。」

電話彼端傳來高亢的笑聲。今年小宮為什麼打電話來？難道是因為落選多次心生厭倦，削弱了內心的鬥志，對競爭對手的矢田產生了戰友的共鳴嗎？向來吝嗇狡猾，在跌倒後一定會拔一、兩根雜草才站起來的小宮竟然會做這種事，不禁令矢田感到意外。

果然不出所料，小宮接下來的話使他的卑鄙心態暴露無遺，矢田有一種為人背黑鍋的不悅。

「我之前就知道自己這次無望，因為上個星期，那裡的評審委員會向我透露了內情，說今年應該由阿妮・辛凱蕾蘿得獎。」

阿妮・辛凱蕾蘿就是今年的得獎者。

「是喔。」

這句話造成的衝擊太大，矢田難掩內心的慌亂，忍不住發出低吟。

然後，他們提到在某個作家協會的國際大會上，曾經看過的那位黑人女作家「胖得不成人形，簡直就像是噁心的妖怪」，聊了十分鐘後，矢田主動掛了電話。

矢田終於瞭解小宮打電話給自己的原因了。今年應該是小宮第一次事先接到委員會的通知，所以首先想確認矢田是否也接到了相同的通知。在察覺矢田的慌亂後，就確定自己在這件事上比較佔優勢，雖然兩個人都同時和該獎擦身而過，但他卻試圖用這個小動作告訴矢田「我和你屬於不同的層次」，藉此緩和自己落選的心痛。

小宮這個人實在很工於心計。

十多年前，小宮曾經熱中於反核運動。在此之前，小宮一直以和平主義者的形象博取世人的歡心，也曾經和年輕時就是保守反動派的知名劇作家展開和平辯論，成為論壇的寵兒。雖然在矢田看來，這場辯論完全以小宮的失敗落幕，但當時正值左翼媒體的全盛時期，輿論對這場辯論有了完全相反的評價。從此以後，小宮不時用建立在良心和人道基礎上的政治評論抨擊政府，至今仍然持續這種愚劣的行為。

當時正值美、蘇的軍備管理談判，兩國因為配備在東歐、歐洲的中程導彈問題而陷入僵局，蘇聯巧妙的和平攻勢開始把軟弱的美國政府玩弄於股掌之間。小宮靈機一動，覺得自己可以成為歐洲興起的反核運動在日本的總代理，在文壇打出「參與世界反核勢力」這種難以想像、經過文學家修飾的口號大肆煽動，但不知道他具備這種資質，還是天生具有組織能力，他以此和某大型左翼出版社聯手，成功地推動了一股風潮。

現在回想起來，那場可疑的運動根本就是蘇聯陰謀活動的環節之一，前一陣子，某月刊雜誌根據舊蘇聯龐大公文的報導內容顯示，大部分資金都是由蘇聯共產黨國際部以及國家保安委員會支出。總之，小宮積極參加這場運動，也曾經要求矢田參加反核連署這種招搖撞騙的東西。而且，他還大剌剌地以共同議長的身分參加了在赫爾辛基舉行的反核文人國際會議，用蹩腳的英語在台上朗讀一味指責西方國家導彈問題的「國際文人呼籲」，簡直令人噴飯，但他在日本媒體的聲望卻因此再度急速飆升。

他也因此得以在世界各地打響自己的名聲，這件事發生後，他的作品開始大肆在蘇聯和東歐國家翻譯出版，他也因此在與文學家極有淵源的國際組織得到了重要的職位。這絕對是那個工於心計的男人為了得到今天的文學獎所建立的遠大戰略——最近，矢田終於認知到這一點。

姑且不論小宮的共產主義思想和表現在現實生活中的獨裁性格，他是矢田所認識的人中言行最不一致的人。他從小家境貧困導致沉溺奢侈和毫不節制的好色，以及傲慢自大的權威，經常給他周圍的人帶來難以忍受的痛苦。

然而，昨晚接到小宮的電話後，矢田對他的這種可以稱為狡猾的算計忍不住咂舌，但也感受到慘痛的挫折感。

序言姑且寫到這裡，第二天十月十四日下午兩點左右——

矢田泰治終於下了床，臉也懶得洗，懷著虛脫的心境，心想反正沒人看到，就擺了一張臭到極點的臉，獨自吃著鐘點幫傭為他準備的午餐時，客廳的電話突然響了。

「好久不見，最近好嗎？」

打電話來的是池谷良造。

「好久不見。」

矢田今天一整天都不想和別人說話，但對老友池谷不能這麼無禮。不光是因為池谷是他大學同學，更因為他身為某家全國性報紙董事長的地位，矢田對他的態度也很自然地客套起來。

「真遺憾，不過，未來的兩、三年內你一定可以得獎，不要氣餒，繼續加油！」

「謝謝你的關心，但我反而把這件事看得很輕鬆。原本我就不認為我真的有資格得那個獎，所以每次都抱著和大家一起享受這個玩笑的心態看待這件事。」
矢田言不由衷地說道。
「不，你不得獎，我就傷腦筋了。這三、四年來，我每年都準備了一大束花待命。我的薪水微薄，如果你再不趕快得獎，我的荷包快吃不消了。」
「哈哈哈哈哈，真是太對不起你了。」
「有一件事……」
池谷突然用嚴肅的語氣說道。矢田有點訝異，看來他打電話來另有目的。池谷在電話彼端沉默片刻，似乎難以啟齒，矢田有一種不祥的預感。
「我們報社的社會部部長向我報告一件事，讓我有點傷腦筋。」
果然不出所料，矢田原本就已經消沉的心情更是一下子滑到了谷底。
「英治又闖禍了嗎？」
「對，就是這樣。詳細情況還不是很清楚，總之，我想應該先通知你一下。」
「他這次又惹了什麼麻煩？」

矢田和英治已經很久沒有見面了。兩年前，他經營的咖啡店因為賭博性電玩遭人檢舉，當時也差一點成為社會新聞，矢田費了好大的力氣才把那件事壓下來。半年後，他說這一次會認真經營咖啡店，矢田又給了他五百萬圓，至今已經有將近一年多的時間音訊全無。

英治是矢田在二十六歲時生的孩子，今年三十七歲，已經不是可以稱為小孩的年紀了，卻仍然無法安定下來。妻子嘉寶麗在英治讀中學三年級時住院，他在隔年進高中後，就擅自在學校附近找了一間公寓，離矢田而去。

「你自己也是為所欲為，根本沒資格說我。」

矢田把嘉寶麗送去醫院後，終於擺脫了十年煉獄般的生活，再度整天泡在喜久子和女兒愛實在人形町所居住的歐式公寓，幾乎不管英治。因此，當英治拿著嘉寶麗的存摺和印鑑，撂下這句話離開時，矢田內心反而鬆了一口氣。老實說，雖然是自己的親生兒子，但每天跟用憎恨的眼神處處挑釁自己的人一起生活實在是莫大的痛苦。矢田也漸漸痛恨這個獨生子，當然，他的痛恨程度應該無法和英治相比。

這些都是嘉寶麗的瘋狂所造成的悲劇。英治是一個可憐的孩子，完全被嘉寶麗的瘋狂操控和利用。回想起來，嘉寶麗的最大受害者並不是矢田，而是英治。

從和喜久子之間的關係曝光，生下愛實，嘉寶麗自殺這些慘事接二連三發生的時期開始，嘉寶麗的偏執完全操控了英治。發現愛實的身體出現障礙後，矢田為了安撫無助的喜久子，不知不覺地在大久保的廉價公寓和她同居，那一陣子嘉寶麗三不五時上門，讓年幼的英治跟在一旁的身影，令矢田至今仍然難以忘記。那時候英治才剛滿三歲，嘉寶麗的瘋狂一定嚴重影響了他的精神狀況。

當時，還曾經發生在深夜時分，矢田突然聽到隱約的哭泣聲，打開公寓不夠結實的門，發現英治孤零零地站在刺骨的寒風中哭得泣不成聲。矢田慌忙把喜久子叫了起來，讓渾身冰冷的英治泡澡後，和喜久子一起抱著他到天亮。剛出生不久的愛實在一旁不時哭鬧，喜久子每次都起床，在睡得香甜的英治和矢田身旁打開衣襟，把青白色的乳房塞進幼女的嘴裡。矢田在疲憊中看著自己的女人和兩個孩子，體會到什麼是這個世界真正的地獄。

這些事以後再詳談，先繼續剛才的事。

「目前只是警視廳的記者傳來不完整的消息，具體情況還不清楚，但聽說英治又遭到逮捕，而且，這次的情況好像比較棘手。」

池谷似乎也難以說出口。

「怎麼了？該不會是殺了人吧？」

矢田並不完全是開玩笑地問，池谷輕輕苦笑著說：

「怎麼可能？聽說是安非他命。英治雖然不是主犯，但好像和販毒集團有什麼牽扯。警方去店裡搜索時，搜到了大量安非他命。」

聽到是安非他命，矢田鬆了一口氣。如果是傷害、竊盜這種有明確被害人的刑事案件，即使是矢田，也很難把事情擺平。

「你有什麼打算？你們報社要寫嗎？」

矢田直截了當地問道。在說話的同時，腦子裡已經開始盤算。出版社旗下的週刊雜誌和晚報即使知道英治發生了社會事件，應該也不會報導。矢田眾多著作的版權都在那幾家旗下擁有週刊、雜誌的大出版社，寫作四十多年，暢銷書的數量也不計其數。同時，他也是各出版社舉辦主要文學獎的評審委員。比較擔心的是全國性的大報，目前正在早報連載小說的Y報應該沒問題，讓他無法安心的是池谷的A報和目前比較少來往的M報。矢田在經濟專業的S報也有藝文時事評論，所以也不需擔心。另外，已經和N報約定明年春天開始連載，N報也不成問題。最令人放不下心的果然是A報、M報和電視。

「剛才社會部的部長也說，除非英治涉入很深，原則上不會報導。」

「是嗎？那實在太感謝了，我又欠了你一份人情。」

A報的問題也解決了。矢田鬆了一口氣。

「英治目前好像在碑文谷署，你有什麼打算？要不要我派車子和我們社會部負責的人陪你去？」

兩年前，矢田也是聽取池谷的建議，去轄區警署打招呼，當場把英治保釋回家，充分展現了大報的實力。

「不，不用了。既然是安非他命的問題，警方恐怕很難把大事化小，小事化無，即使我去了，也幫不上什麼忙。或許聽起來像是不負責任的推託，但我不想再管英治的事。」

矢田想要趕快掛電話，以便立刻向M報施壓，把這則新聞壓下來。「這一次，即使英治的名字上報，我也只能認命了。身為父親，我已經無法為他辯解了。」矢田口是心非地說完，故意重重地嘆了一口氣，「我有點累了，不好意思，我要掛電話了，謝謝你打電話來。」

那天晚上，矢田泰治校對明年年初開始發行的第二期全集的稿子直到深夜。稿子全集的版權在S社，但以前的責任編輯T在去年退休了，這次的全集編輯工作格外麻煩。如果繼續由T負責，應該可以和第一期也擔任監修工作的文藝評論家Y先生兩個人配合得十分出色，但新的責任編輯很年輕——其實已經三十好幾，但有很多疏忽的地方。Y先生目前已經是赫赫有名的大評論家，年輕的責任編輯不光對矢田，也很怕得罪Y先生，所以無論出版日期、月報和索引都無法如矢田的願。

十三年前出版了第一期全集，當時矢田才剛五十歲，監修的Y先生應該還不到四十歲。當Y還是少壯派的新銳評論家嶄露頭角時，矢田親自拔擢他，賦予重任。如今已經是舉足輕重的重量級評論家，不得不令矢田感嘆歲月的流逝。

看著全集厚實的校對稿，矢田忍不住回想起自己身為文學家一路走來的歷程。十三年前，不曾如此陷入回憶。當年雖然稱不上精力旺盛，但對創作充滿自信。矢田二十二歲在文壇亮麗登場，翌年就獲頒被稱為是「新人作家成功捷徑」的A獎，是戰後最年輕的得獎者。之後，在五十歲之前，雖然曾經經歷了兩次休筆期，但持續發表了為數龐大的作品，因此，第一期的全集總共有二十四卷。在手上有好幾個連載的同時努力校稿，重新檢視年輕時的作品，對自以為是的稚嫩筆調、表達觀念時缺乏統一、以初生之犢不畏虎之態貪婪地選擇各種主題感到懷念的同時，不得不露出一抹苦笑。然而，他對過去走過的路並沒有感到不滿。年輕的矢田不知世事，不諳人情，也沒有真正體會過情愛、苦惱和歡喜，迷失在創作者的路上。他在害怕世界、害怕他人，對自己的無知感到極度惶恐的同時努力和文學纏鬥，催人淚下地滲透在每一部作品中。

現實人生的問題是所有文學家最無法擺脫的矛盾，到底應該身為體驗者還是敏銳的觀察者，所有人的人生都建立在體驗和觀察的微妙縫隙之上，意識活動的基礎隨時在這兩者之間移動，維持著不確定性。然而，一旦將表達這種異質的觀察器具插入這個縫隙，所衍生出極大的前後矛盾也會表現在作家的作品裡。

二十多歲的矢田稱這種矛盾為「純粹的苦惱」，多次在自己的作品中加以透露。比方說，他曾經將在星野喜久子和嘉寶麗之間搖擺不定的自己描寫成以考古學家為主人翁的作品《靜謐的迷宮》，其中有以下這一段：

「如果這是『純粹的苦惱』，無論多麼醜陋，都將會比如今更輕鬆、更亮麗地把他帶向毀滅。如今，他鎮日在陰鬱的研究室裡欣賞、憐惜原始時代的A，A在他的內心宛如一根鋼棒般熾熱又溫柔地貫穿他的內心。然而，A如今在半空中露出虛幻的眼神，帶著不置可否的笑容，拒人千里地低頭看著他。A是歷史的司祭，也是每一個人的司祭，似乎包容了一切，然而，在把人類收納到某一個地方時，【神奇的抖動】使之不具備同時拯救多人的慈悲。只有『純粹的苦惱』具備了滋潤的生命實質，從太古時代到永遠，都是面目全非的、悽慘的，卻充滿像太陽般活力的生命的一切。他深深眷戀——，這正是他自己最後的自己，帶著——遙遠的——，想必他在出生以前，就已經深刻瞭解這一點。A此刻就在這裡——，A此刻就在【浮動發光的森林】裡」

（摘自《靜謐的迷宮》一四九頁）

——我努力試圖向不可動搖的實存主義的鄉愁注入新的感情火柱。人（不光是對我而言）應該有歸宿，在那個歸宿之地，應該有通紅的、溫暖的火焰在燃燒。這種堅信的心情在我創造這部作品的過程中，不時觸動我的靈魂。

《靜謐的迷宮》成為超級暢銷作品，得到當年最具權威的文學獎時，矢田在得獎感言中這麼寫道。

然而，目前矢田在修改的這十多年的作品不僅數量不多，而且無法引起矢田本身的任何感慨。很久以前，矢田和小宮在某文藝雜誌上對談時，小宮曾經這麼說。

小宮　我認為純文學和中間小說的差異，就是純文學是作家為自己而寫，中間小說則是為他人，也就是為讀者而寫。所以，中間小說當然會暢銷。也就是說，我們窮困潦倒也是命中注定的（笑）。

矢田　哈哈哈哈哈。

當然，矢田不免在內心嘲笑小宮這番一如往常不負責任的話，甚至覺得「如果你也喊窮，這個世界上到底誰是富人？」過了一陣子，矢田委婉地在該雜誌上反駁了他的論調。

矢田　文學最可怕的就是文章本身越來越漫不經心。大家向來都認為我是反私小說的代表，其實並不是如此。我之前之所以不認為私小說在日本文學中佔據重要的地位，只是因為私小說的文體往往流於簡單。用比較諷刺的話來說，私小說很容易翻譯成外語，幾乎和科幻小說差不多，然而，歐美國家的人卻很難真正理解小說內容。外國人會覺得「到底想怎麼樣呢？我們想知道接下來的發展。」

小宮　根本在於佛教和基督教的世界觀無法相容。

矢田　在歐美人眼中，佛教屬於原始的多神教，也就是落後的宗教。私小說是主張親身體驗的威權化，無論怎麼學習思想、培養學識，都不可能瞭解人世和女人（笑）。這和背負西歐哲學傳統的文學有幾分相似，在西方人眼中，思考的部分太天真了，根本不值得一讀。

小宮　沒錯。

如今，矢田想起小宮當時說的「文學是為自己而寫」這句話，用這個角度觀察近年的這些作品，發現就連自己也覺得這些內容無聊透頂。當然，他在思想方面的確比以前成熟。長年連續推出作品的矢田可以感受到自己成長的足跡，然而，談到作品本身，幾乎都是把二十多歲至三十多歲的作品冷飯熱炒而已。彷彿在提醒自己不能忘記和喜久子、愛實、嘉寶麗、英治一起在泥濘中掙扎的往事記憶，執拗地一再重複記錄。

更嚴重的問題是，矢田原本指望在這些作品中加以完善自己的思想，但卻始終無法進入終點站，而被棄置在茫茫的原野上。

年輕時，矢田最唾棄「無常」的思想。他認為人總有一天會回歸到一無所有的狀態，無論愛恨情仇、喜怒哀樂都只是現實的幻夢——他將這種簡單明瞭的「真理」，視為可以無限上綱的知識性怠惰，並對此痛恨不已。然而，最近重讀自己近年的作品後，連矢田自己都懷疑，自己所寫這些救濟的內容真的能夠解釋這個無常現世嗎？充其量只是愛的不滅、苦惱中的喜悅，也就是羅列極其陳腐、了無新意的詞彙而已。小宮那個無可救藥的貪婪傢伙，聽說還是虔誠的基督徒，居然曾經對他的朋友這麼評論矢田的文學。

「他的文學就像是無神論者在拚命追求神明一樣，簡直就是不堪入目的徒勞。」

矢田聽到這番話時怒不可遏，但也感受到一種被人說中痛處的窒息。他在眼下這分孤獨的校對工作中，再度感受到當時的窒息。

矢田泰治放下筆，站了起來，躺在一旁的床上。

他突然想起了英治。

掛了池谷的電話後，矢田立刻打電話給K出版社的董事長U先生，他曾經是矢田的責任編輯。因為他想起U先生和M報的O董事長私交甚篤。U先生說：「我馬上去打點這件事。」讓矢田放下心中的一塊石頭。之後，矢田就完全把英治的事拋在腦後。

——他現在不知道在幹什麼？

剛才矢田外出吃了晚餐。他在步程十五分鐘的車站前那家熟悉的壽司店喝了點日本酒，吃了幾個壽司才回來。回程的路上下起了雨。雖然只是像細霧般的雨，壽司店的年輕女生追上來拿傘給他。他聽到背後有人叫：

「老～師、老～師。」

小女生獨特的高亢聲音至今仍然縈繞耳際。下雨後，空氣突然變冷，快到家的時候，吐出來的氣都是白白的。

英治已經在警局的拘留所睡著了嗎？這種天氣，應該會很冷吧。矢田腦海中想像著英治咬緊牙關，身體縮成一團，翻來覆去睡不著，怔怔地看著水泥天花板上污漬的身影。那是英治小時候，剛上小學時的樣子。應該允許家屬幫他送一件毛衣吧，矢田心想，但隨即想起那個染著紅髮、胸部大得驚人，一看就很低能的年輕女人的臉。矢田記得她姓桂木，但忘了她叫什麼名字，只記得當初還為她雅致的名字和她給人的感覺格格不入感到驚訝。那是英治兩年前因為賭博撲克機遭到逮捕時，和他同居的輕浮女人。如果他們還沒有分手，應該會幫英治送衣服去吧。英治和矢田不同，年輕時就很有女人緣。當年也是因為把班上女生的肚子搞大，才會被高中退學。當對方父母得知英治父親的名字，想把事情鬧大時，英治擅自提出退學申請，消失無蹤了。他並沒有帶那個女學生一起走，矢田對這件事很不以為然。不幸的境遇會奪走一個人的誠實嗎？矢田輕視落荒而逃的兒子，卻完全沒有意識到自己也半斤八兩。

矢田真的只有偶爾才聽說英治的下落。他每隔兩、三年，必定會回來向矢田要錢，從他當時有一搭、沒一搭的聊天中得知，他曾經當過司機、廚師和業務員，但都沒有持續太久，整天過著遊手好閒的生活。

那種男人也有女人看上他，也有一起喝酒的朋友。雖然矢田很難想像，但還是決定認同這也算是一種生活方式。矢田對拿錢給他並沒有太大的抵抗，這不是身為父親的補償，而是身為父親，既然自己手上有錢，當然不可能拒絕兒子這樣的要求。

矢田認為，即使花錢，兒女早晚也要交給別人。人只能在茫茫的人海中抓著身邊的木板漂流，感情只是物理距離的問題。

嘉寶麗住院那天，矢田和英治向病房裡的嘉寶麗道別時，始終安靜得出奇的妻子突然抬起頭，目不轉睛地看著矢田和英治。當矢田打開門，英治也跟在身後準備離開的那一剎那，嘉寶麗突然嘶叫著：

「英治、英治！」

她抱著英治的身體放聲大哭。陪在一旁的兩名看護趕緊拉開嘉寶麗的身體，催促他們說：「快走、快走吧。」矢田想起那天離開醫院，並肩緩緩走回車站時，兒子不發一語、冷漠無表情的臉，也想起英治在喜久子公寓玄關前哭泣的身影。嘉寶麗命令他：「你去拜託爸爸回家。」英治低著頭，小聲地說「爸爸，你回家吧。」的聲音在矢田的耳畔響起。

嘉寶麗精神出現問題後，矢田無法長時間離開家，和嘉寶麗無論大小事都口出惡言，爭執不休。每次英治都在一旁哭泣，在他國小四年級時，他在矢田和嘉寶麗旁抱著頭，突然在地上打滾大叫：

「我快瘋了、我快瘋了！」

當時的情景實在很可怕。

那天，帶喜久子和愛實去遊樂園時，剛好遇到英治。他去販賣部為愛實買霜淇淋，英治手拿著霜淇淋就站在一旁。矢田無法忘記英治當時說的話。

「我和朋友一起來的。」

他說完這句話，就一溜煙地從矢田面前跑開了。

矢田突然感受到一陣睡意。一看牆上的時鐘，已經凌晨兩點多了。平時這個時間還無法入睡，今天可能太累了。他用力深呼吸，拉起毛毯，用力抱在懷裡，靜靜地閉上眼睛。

## 2

矢田泰治暗自為自己嚴重缺乏男性魅力感到羞恥，他一輩子都無法擺脫這種自卑。他覺得上天給他文學創作的才華，是因為憐憫他如果缺乏這種能力，就無法生存。矢田對成為自己工作的文學極度執著，渴望在工作上獲得極大的成功，就是基於這樣的心理背景。

矢田這種自卑來自相應的親身經驗。

矢田泰治二十二歲時，第一次應徵文藝雜誌的小說獎就順利入圍，使他在文學之路上邁出了成功的第一步。當時，矢田還是某國立大學專攻德國文學的研究生。他的作品成為A獎的最終入圍作品，雖然最後和該獎擦身而過，但在評審會上獲得眾多委員的高度評價，矢田一躍成為文壇的年輕寵兒，因而受到矚目。

矢田的出道作品以他度過少年時代的九州軍港都市為舞台。主人翁是就讀即將進行學制改革的舊制中學學生，故事描寫了他和他的好朋友，以及已經淪為娼妓的好朋友的姊姊，三人之間陰暗的關係。

這裡沒有足夠的篇幅詳細介紹內容，簡單地說，就是少女靠賣身努力支撐無依無靠的姊弟兩人的生活。對少女來說，栽培弟弟成為優秀的人才是她唯一的生命動力。沒想到弟弟卻遭遇到可能會被學校退學的暴力事件。姊姊心慌意亂，懇求弟弟的好朋友，也就是主人翁的少年頂罪。主人翁的家境不算清寒，即使遭到退學，也不會影響他的求學之路。主人翁礙於人情，只能答應好朋友姊姊的懇求。即使因為他之前就暗戀她，還是不免猶豫。同學姊姊看到他陷入猶豫，便以身相許。最後，少年雖然貪婪地享受了少女的身體，卻無法在關鍵時刻挺身而出，最後坐視好朋友遭到退學——

戰敗後，社會的價值觀淪喪，這部作品藉由自虐式的心理描寫表達了主人翁因為自私和怯懦而失去一切的虛無，同時，大膽描寫玩弄好朋友姊姊身體的性愛場面也很受好評，一推出就引起可以稱之為社會事件的極大回響。

然而，這裡要討論的並不是這部作品本身的問題。

雖然矢田作品中大膽的性愛描寫為輿論提供了理想的討論話題，然而，他自己卻還是處男。對矢田來說，這才是最重要的事。

他在內心為此感到羞恥，絕對不讓旁人察覺到這一點，但也不能假裝自己是「過來人」。矢田在性方面的不成熟，只能藉著佇立在德國文學的黑暗森林中努力維持內心的平靜，如今卻面臨可能會以最意想不到的方式公諸於世的危機，而且，是他把自己逼入這種絕境，所以更加無可救藥。

這時，他邂逅了，不，應該說是重逢了當時就讀某女子大學的學生赤江嘉寶麗。

兩年前，矢田在某個讀書會認識了嘉寶麗，在矢田得到新人獎，成為矚目的焦點之前，幾乎沒有和她說過一句話。這個讀書會的成員都是一些好像自體中毒的纖弱文學青年，悽慘得有點滑稽，嘉寶麗憑著沉魚落雁般的美貌，成為眾人心目中的女神。她的周圍經常聚集許多面色慘白的男人，一臉窮酸相的矢田甚至無法靠近一步。

然而，矢田的這項文學壯舉——在這個悽慘的讀書會內，矢田的得獎無疑是前無古人，後無來者的大事——這對周遭人所產生的改變遠遠超過他自己的改變。嘉寶麗的變化尤其明顯，她突如其來地接近矢田。

在經歷至今回想起來仍然會羞紅臉頰的稚拙戀愛後，矢田和嘉寶麗發生了肉體關係。然而，嘉寶麗在這麼短暫的交往時間內，已經看透了矢田瘦小、不起眼的身體。因為嘉寶麗在男性關係方面已經相當有經驗，像矢田這種青澀幼稚的男人根本不是她的對手。

「矢田，你是第一次吧？」

雖然他之前小心翼翼，唯獨擔心這件事曝光，沒想到雙方一脫下衣服，嘉寶麗就給了他當頭一棒。矢田脫口而出地回答：

「絕對沒有這種事。」

他帶著驚慌顫抖的聲音讓這句話顯得極其悲哀。矢田在這一剎那所感受的卑屈，成為他一輩子都無法癒合的創傷。

沒想到嘉寶麗的反應更令他感到意外。

「你不需要為此感到丟臉，因為你是天才。」

矢田因為羞恥而陷入慌亂，無意識地胡亂舔著眼前潔白的龐大物體時，嘉寶麗已經陶醉地發出呻吟，一次又一次地重複：「啊，你是天才啊。」

翌年，矢田刊登在文藝雜誌的第一部新人獎得獎作品獲得了A獎。當時，他已經和嘉寶麗同居，之後直到嘉寶麗大學畢業的兩年多時間，他都沉溺在和嘉寶麗的性愛中，一個勁地拚命寫作，奠定了他身為文學家的基礎。

遇到星野喜久子之前，矢田在女人方面簡直可以說是慘敗連連。雖然這方面的事不計其數，但姑且舉一例吧。

當嘉寶麗懷了英治，無法再像以前那樣早、中、晚都讓矢田享受性愛後，矢田對這種規律習慣突然中斷感到煩惱不已，因而對B出版社的責任編輯G小姐產生了非分之想。當嘉寶麗回長野的娘家待產時，他用工作為藉口，頻繁地與G見面。這是矢田在前一部作品成為暢銷書後第一次為B出版社寫新的小說，因此，G在不得已的情況下，只能應酬矢田。

某天晚上，矢田輾轉難眠，桌上攤著稿紙，腦子裡滿是G的身影。他新買的車子剛好在這天送到，於是，他想出去兜風，順便去G的公寓突襲。時間已是深夜，矢田閃過這個念頭後，就再也坐不住了。他買的是當時還很少見的英國產高級房車，打算帶G一起去橫濱兜風。他自認為只要說是為作品採訪，G也不敢推辭。

他以前曾經搭計程車送G回家，所以很快找到了G的公寓。凌晨一點時，他敲了G的門。在敲門的當下，矢田開始有點畏縮。G在門內用害怕的聲音應了門，她似乎已經睡著了。

「我是矢田，不好意思，這麼晚打擾。」

即使矢田自報姓名，G似乎仍然不得要領，默然不語。

「我是矢田。」

矢田再度重複道，但知道自己說不出接下來的話。因為他發現深夜造訪，說什麼「今天剛好拿到新車，要不要一起去兜風？這只是為作品採訪，沒有其他的意思」這種話根本不合情理。

G可能陷入了沉思，也可能在和別人商量，過了好一陣子後，口齒清楚地在門內回答：

「對不起，我現在有點不舒服。」
「怎麼了？妳感冒了嗎？妳還好吧？」
「老師，對不起，請你下次再邀我吧。」
她的語氣十分冷淡。
「那就不要去兜風，妳要不要看看我的車子？」
「……」
「怎麼了？為什麼不回答？」
「老師，對不起，今晚有點不方便。」
「妳是什麼意思？難道以為我在打什麼歪主意嗎？」
「不，我沒這個意思，真的很對不起。」
「妳太沒禮貌了，我特地上門，妳竟然連門也不打開。我一直在寫稿，只是出來透透氣。妳這種態度，會影響我的工作情緒。別忘了，妳是編輯。」
「……」
「難道妳不露個臉，就想把我趕回去嗎？」

「……」

「怎麼樣？趕快回答！」

「老師，真的很對不起。」

「不要滿口老師、老師的，我又不是學校的老師！」

矢田已經不知道自己在說什麼，只是氣得火冒三丈。區區小編輯，竟然敢看不起堂堂的矢田泰治！這時，門內傳來一個聽不太清楚的聲音。

如果矢田沒有聽錯，應該是「好可怕」。

然後，門內再度傳來清晰的聲音。「老師，對不起，都是我的錯，你可以要求換責任編輯，我會負起所有的責任。」

「什麼意思？妳是不是想太多了？現在才一點多而已，並不算太晚吧？而且，妳說要負責是什麼意思？不至於嚴重到需要換責任編輯，妳是不是誤會了？」

「真的很對不起。」

「妳別開玩笑了！」

矢田大聲咆哮後，離開了G的公寓。

由此可見，矢田不懂得適當調整人際關係的距離，這是他與生俱來的一大缺陷。談論「疏遠」成為他的文學起點，他不斷把石膏倒進自己肚子上的大洞，大量生產相同的模型就得以提升名譽，人性中不夠完善的部分根本沒有改善的餘地。他在人際關係上的幼稚和他在文學上的成功相為表裡，矢田多次經歷了前面所介紹的失態，終於發現了這種難以擺脫的桎梏。

這次省略和星野喜久子故事的來龍去脈。

接下來要談的是遠藤紀子和小宮之間的那件事，也對矢田造成了很大的精神打擊。

嘉寶麗住院，英治離家出走後，矢田找來遠房親戚的女兒遠藤紀子，照顧他的生活起居。十九歲的紀子是來自九州窮鄉僻壤的清純女孩，在照顧矢田的生活之外，就讀神田的英語學校，由當時三十九歲的矢田負擔她的生活費和學費。

當時的時局不穩定，正值學運最激烈的時期，就讀位在都心學校的紀子不久就被專門鎖定年輕女孩的學生團體洗腦了。

不久之後，她回家的時間變得沒有規律，有時候甚至擅自外宿。她的書架上開始出現思想方面的書籍，最後，甚至向對這種政治運動興趣缺缺的矢田投以輕蔑的眼光。事實上，矢田並不是對當年的學生運動沒有共鳴，一方面是因為愛實的身體障礙隨著年齡的增加越來越明顯。另一方面他雖然擺脫了嘉寶麗，卻和喜久子的關係趨於疏離，根本無暇參加這種高雅的遊戲。

小宮比別人更積極投入這項運動。在昭和三十五年的安保反對鬥爭之前，小宮和矢田一樣，都對這些事漠不關心，但之後轉眼之間就表現出強烈的政治色彩，在第一次羽田鬥爭時，儼然以反體制派的文人之姿聲名大噪。在此之前，左翼文人都或多或少有代代木（日本共產黨）的影子，身上帶著日共六全協衝擊的胎記，相較之下，小宮這種完全沒有政黨色彩的人就顯得格外新鮮。再加上他的作家身分也獲得了相當的肯定，因此，他很快就成為日本人迎合左翼風潮的最佳象徵，也獲得那些既不屬於代代木系，也不屬於反代代木系，更不關心學運學生的強烈支持。

當時，小宮經常出入矢田的家。由於他沉迷女色，在自己家裡已經沒有立足之地。小宮玩女人完全沒有分寸，和學生密切來往的那一陣子，也和支持他的女學生混在一起，每晚帶著不同的對象四處風流。二流的週刊雜誌已經揭穿了他的這些行徑，導致他信用掃地。

兩年後，矢田看了小宮的作品大驚失色。現在他從來不看小宮寫的作品，但當時他們兩個人只要其中一人推出新作，另一個人就會熱中地閱讀。

小宮的作品中詳細地記錄了他和紀子之間的糜爛關係。

在學運漸漸平息、東京終於恢復平靜之際，紀子突然向英語學校提出休學，沒有向矢田打一聲招呼就回老家。

有一天，她突然沒有回家，矢田正感到擔心，就接到紀子從九州打來的電話，冷冷地宣佈：「我再也不想回東京。」她的話不得要領，但矢田心想，本來就是找她來洗衣服、打掃而已，也許她在自由自在的都會生活中遇到了壞男人，心生厭倦，黯然回老家。然而，他作夢也沒有想到，那個壞男人居然就是小宮。

根據小宮所寫的內容，他和紀子在同業的朋友（就是矢田）家第一次見面的當天晚上就發生了肉體關係。紀子在高中時代打壘球，所以骨架很大，身體很結實，但她的肉體好像橡膠般富有彈性，她雖然貌不驚人，身體卻令男人樂此不疲。在這部露骨地描寫這樣的女人和中年男作家醜陋性愛的作品中，最大的賣點就是如何趁後知後覺的友人不備，多次在這位友人家偷歡。友人不在家時，他們在紀子的房間內翻雲覆雨，在二樓陽台上顛鸞倒鳳，最後甚至在友人的書房內春風一度。深夜，當友人進入夢鄉後，他再度造訪紀子的房間，巫山雲雨數小時。無論家中的格局、後門的情況和庭院的風景，以及友人書房的佈置和擺設，都和矢田家一模一樣。當然，紀子、矢田和小宮的來歷也幾乎如實陳述。

矢田看完後，立刻把小宮找來興師問罪。以下是他們當時的對話。

「這是在寫小紀，我沒說錯吧？」

「哈哈哈哈哈，果然被你發現了。」

「那當然，你到底想怎麼樣？」

「沒想怎麼樣，我只是把事實寫出來而已。」
「這麼說，這裡寫的那個後知後覺的友人就是我嗎？」
「嗯，也可以這麼說。」
「你太過分了。」
「為什麼？」
「這樣難道還不過分嗎？小紀是我遠房親戚的女兒，被你寫成這副德行，教我面子怎麼掛得住。」
「沒這回事，這是我和那個小女孩之間的事。」
「看你寫的內容，她為你拿了兩次孩子，你怎麼可以對我的親戚做這種事？」
「不，其實這部分摻雜了一些虛構。」
「你還寫著曾經在我書房裡，坐在我的稿子上翻雲覆雨。」
「哈哈哈。」
「你到底在想什麼！」

「哈哈哈。」

「有什麼好笑的？」

「不好意思，你真的沒有發現我們的事？」

「……」

「她真是個尤物，你這個人太不解風情了。」

「你寫成這樣，還以為我會忍氣吞聲嗎？」

「我知道你看了會不高興，但我還是想寫下來。」

「萬一小紀看到了，會有何感想？」

「不知道。不過，反正她也結婚了，只要她不說，就沒人知道。反正那種鄉下地方，根本沒有人看我的作品。」

「你說結婚，她結婚了嗎？」

「你不知道嗎？已經差不多快半年了。」

「你怎麼會知道？」

「前一陣子我剛好去宮崎演講，就順便找她出來。她目前住在宮崎市。」

「……」

「對了，對了，她好像不太喜歡你，那時候也經常抱怨你把她當女傭。」

「我真受不了你。」

「哈哈哈，你說話不要這麼嚴肅嘛。她正是少女懷春的年紀，慾火焚身。你其實應該上她一次，你們雖然是遠親，但沒有血緣關係。」

「你真大言不慚。」

「哈哈哈，如果惹你生氣，我道歉。我們都是靠寫作維生，這種事就睜一隻眼，閉一隻眼吧，反正我又不是和你的老婆上床。我不瞭解你作品的情況，但女人是我寫作的泉源，如果一直在意別人，我的文學會枯萎。你應該能夠瞭解吧，你以前不是也曾經大寫特寫喜久子的事嗎？所以才會導致嘉寶麗精神出問題吧。」

這件事之後，矢田和小宮斷絕了來往。沒想到半年後，兩個人又恢復了無話不談的關係。

## 3

從前面列舉的幾個片段，或許很難瞭解矢田泰治目前的鬱悶，然而，篇幅只剩下不到一半了。雖然有點唐突，但必須趕快向結論進展。

為了提醒各位的注意，必須重申一件事，矢田的文學建立在自我犧牲的基礎上——他對這一點並沒有半點後悔。聳立在體驗和觀察中間地帶的巨塔即使對矢田本身來說充滿了矛盾，但只要能對他人綻放出價值的光芒，就必須肯定矢田的人生。問題是矢田的文學是否真正具備了價值的光芒，這正是矢田本人最近所懷疑的事。他在這件事上的鬱悶可以稱之為文學的煩悶。當然，這必須建立在他所寫的東西可以稱之為文學的基礎上。

二十年前，矢田接受某報的採訪時，一位剛從外地支局調回來的年輕菜鳥記者曾經問他：

「老師，拜讀您的作品後，我總覺得您如實地描寫了自己的體驗。我知道您認為這是私小說的突破，但是像您這樣，把作家本身的經驗以各式各樣的方式加以改變成更觀念性的、更抽象的內容時，真的可以產生不同於私小說的更大價值和文學性嗎？上司總是一再叮嚀我們記者，必須客觀報導事實，就是要對事實真相保持忠實和尊敬的態度，不要摻雜蹩腳的解釋。如果真的瞭解事實，或者說瞭解什麼是事實，就應該如實地記錄下來，這是記者的使命。眼前的一切——其他還有什麼是必須傳達的嗎？假設小說家經歷了什麼事，運用小說家的感性有所體會，或是因此掌握真理，再把因為這個契機得到的經驗或是思考過程如實地提示給讀者，會比較通俗易懂，而這不正是小說家的使命嗎？詳細報告親身經驗是小說的大前提，如果連這種經歷過的事實都變得抽象化，其實是對經驗本身的冒瀆，也是讓人類思想失控的行為。該怎麼說，這等於是小說的自慰化，看到別人當著自己的面自慰，根本一點都不好玩……」由於對方是同一所大學德文系的學弟，剛開始還對他抱有好感，但當他問出這種魯莽無禮而且愚蠢無知的問題時，矢田再也無法忍受這個年輕記者的愚昧。

「那你說的事實、真相，還有經驗到底是什麼？如果你能夠明確定義，我倒想洗耳恭聽，同時，也希望你可以證明寫經驗是否可以比生活雜記更具有文學性。」

矢田氣勢洶洶地反問道，年輕記者頓時嚇得臉色發白，

「對不起，我問了不該問的問題。」

他一直鞠躬，再三賠不是。

其實，矢田被說中了痛處，內心直冒冷汗。沒錯，矢田的確不曾如實地記錄他稚拙的經驗。藉由隱喻接隱喻，明喻套明喻，類比後又是類比，並結合西方的觀念主義和對無神教咒術的信仰，把嘉寶麗的發瘋、和喜久子之間的外遇、愛實的病情以及自己的自殺未遂都變成極度不明確的晦暗文體。旁人將之解釋為私小說的突破，是作者寫給讀者的書簡，跳脫了以往缺乏普遍性的、不成熟的日本文學框架，矢田自己也這麼解釋，然而，實際上卻和必須運用僅有的材料做出多樣化料理的廚師一樣，只能費盡心思地下苦功。

簡單地說，矢田的文學是由無數現學現賣的學識堆砌而成的，他的文學本質和他在戰爭時代每天吃的麵疙瘩差不多。整天擔心被別人看穿這一切的不是

別人，正是矢田自己。那位年輕記者出其不意地道出了矢田內心的恐懼，正因為這樣，向來被認為溫厚文學家的矢田才會表現出這麼強烈的抗拒反應。

當人受到太多稱讚時，就會連自己也忘記真相。二十年後，這種恐懼也會煙消雲散。矢田泰治不應該對那個年輕記者的話嗤之以鼻，而是應該認真接受。然而，矢田泰治仍然滿足於自己的虛名，不以為然的說：

「記者都是一些廢物。」

矢田在和星野喜久子之間的風流韻事——那是他三十歲之前的事——之後，就將在屁股後不斷增值的名聲尾巴當作平衡器，決定自己從今以後的人生將專心創作文學，不追求其他的任何事。這等於是回歸年輕時幼稚的自己，努力在德國文學的黑暗森林中掩飾自己在性方面的不成熟。他在二十八歲時的自殺未遂充其量只是一個跳躍台，讓他可以投身於這種閉上眼睛、塞住耳朵、缺乏勇氣的怠惰生活。所以，只能以未遂結束。

得知英治因為安非他命事件遭到逮捕的五天後，也就是十月十九日下午，一個年輕女孩帶著一個小孩子造訪矢田泰治。

在寬敞的玄關看到那個抱著幼兒的女人，矢田一下子認不出對方是誰，在她自報姓名時，才終於恍然大悟。

「我是麻美，對不起，突然不請自來。」

——對，她的名字叫麻美。

那是英治的情人桂木麻美，矢田在兩年前見過一次，如今她上門來找他了。然而，桂木麻美的樣子和矢田的記憶相去甚遠。曾經染成紅棕色的頭髮變成了正常的髮色，剪到齊肩的長度；當年因為生活散漫而導致肌理粗糙、氣色不佳的皮膚，如今也完全變了樣。唯一符合記憶的，就是隔著素色毛衣，仍然可以察覺的豐滿胸部而已。眼前這個五官端正、舉止穩重的女人應該算是美女。

她的身旁站著一個看起來一歲半左右，眼睛很大，和英治一模一樣的男生。他半個身體躲在母親的背後，目不轉睛地抬頭看著站在台階上的矢田。矢田也回望著死盯著他的小孩子的臉，沉默了片刻，才邀請母子進屋。

「先進來吧。」

鐘點幫傭剛好在家，矢田吩咐她準備了茶後，把他們帶進客廳，來到茶色沙發前，讓他們坐在背對著門的四人沙發上，自己則一如往常坐在那張背靠可以眺望寬敞庭院窗戶的單人沙發。小男孩東張西望地看著將近十坪大客廳的櫥櫃和矮櫃上各式各樣的花瓶、人偶和雕刻，但整個人定定地坐在沙發上，一動也不動。矢田感受到他的家教不錯。

「好久不見，對不起，之前都沒有來拜訪您。突然這樣不請自來，相信您會覺得很不舒服，請您原諒。」

麻美用平靜的語氣說完，微微低下頭。

矢田嘆了一口氣，然後不經意地輪流看著這對母子的臉。

「叫什麼名字？」

矢田隨口問道。

「孝治，孝順父母的孝，英治的治。」

英治的治也是泰治的治。

「孝治嗎……？」

矢田自言自語般小聲嘀咕道。

孝治默然不語，一臉好奇地聽著他們的對話。

「很像英治小時候。」

「通常兒子都會像媽媽，但他真的很像爸爸。」

麻美用手掩著嘴巴笑了笑。

「今天有什麼事嗎？」

矢田發現自己內心的慌亂，趕緊用公事化的口吻問道。

「其實……」

麻美低著頭，但隨即抬頭直視矢田的眼睛。

「英治又出事了，所以目前在警局，真的不知道該怎麼向您道歉。照理說，我不應該厚著臉皮來找您，但無論如何都必須向您求助，所以才不顧顏面地上門。」

「這件事我已經聽說了，我也有朋友會向我通風報信。」

「是嗎？」

麻美再度低下頭。

「是英治叫妳來的嗎？」

麻美點頭，幫傭剛好端著茶進來，把茶杯放在麻美和矢田面前。於是，他們兩個人都不發一語。女傭貼心地把一杯果汁放在孝治面前。矢田喝了一口問：「今年幾歲了？」

「剛好一歲四個月。」

麻美拿起杯子，讓孝治雙手握著。孝治一臉開心，把小手幾乎快抓不住的杯子端到嘴邊，然後，杯子一斜，遮住了半張臉，轉眼之間就把果汁喝完了。

麻美慌忙把空杯子放回桌上，從布質大手提袋裡拿出毛巾，幫孝治把下半張臉上的蘋果汁擦乾。

「啊呀啊呀，他喝的樣子真豪爽。」

矢田忍不住笑了起來。

「要不要再來一杯？」

矢田探出身體問孝治，孝治「嗯」地點點頭。「喂，」矢田找來幫傭吩咐說：「再來一杯。」

「不好意思。」麻美向幫傭鞠了一躬。

「沒關係，反正還有很多。」

「他從小胃口就很好，喝母奶的量也很驚人，有一段時間長得很壯，簡直就像金太郎。」

「是嗎？」

矢田的目光始終停留在孝治身上。

孝治一口氣喝完第二杯後，突然坐直身體，從對他來說有點高的沙發上跳了下來。準備跳下沙發時，右側的身體壓在沙發的扶手上，身體重心不穩，一屁股坐在地上。麻美立刻伸出手，矢田也「啊」地叫出聲音。孝治不慌不忙地站了起來，跌跌撞撞地繞過紫檀木大茶几，走向矢田的方向。矢田抱住張開雙手撲向他的孝治，孝治順從地坐在矢田的懷裡。

「喔，他還滿有份量的。」

孝治乖乖坐在矢田的腿上。已經幾十年沒有抱小孩了，柔軟肥胖的感覺很靠不住。當年哄英治和愛實的遙遠記憶很自然地甦醒過來，他雙手抱著孝治的腰，把他轉向麻美的方向問：

「英治還在拘留所嗎？」

「律師說，差不多還有三、四天就可以出來了。這次的事幾乎和英治沒有關係，是因為朋友硬要把毒品放在他店裡，並不是他直接販賣，當然，他也沒有吸毒，警方也從其他人的供詞中瞭解了實際情況，所以，律師說應該不會在裡面關太久。」

「是嗎？那太好了。」

矢田感受著腿上的孝治越來越重，終於猜出麻美今天造訪自己的用意。

「英治為什麼會去協助別人做這麼危險的生意？」

麻美看到矢田自然而然地接受了孫子，似乎終於鬆了一口氣，說話的語氣也不再那麼拘謹。

「他還是無法戒賭，跟著壞朋友去了黑道開的賭場，結果被詐賭，欠了不少錢。他沒錢還債，在黑道的威脅下，只能提供店面讓他們賣毒品。」

「賭什麼？」

「麻將。」

「輸了多少錢？」

「總共五百萬圓左右，店裡的營業額根本不夠還債。扣除提供場地的費用，還剩下兩百萬圓……」

矢田聽到金額並不大，內心鬆了一口氣。他原以為還要多一個零。

「所以，現在討債的找上妳了嗎？」

麻美點點頭，不知道為什麼，她對坐在矢田腿上的孝治露出微笑。

「原來是這樣，所以英治叫妳來找我。他相信只要我看到孫子，應該不忍心拒絕。」

他話才剛說完，孝治立刻打了一個噴嚏。矢田嚇了一跳，低頭看著孝治。今天的天氣很冷，孝治身上只穿了一件廉價的薄質運動衣。

「他會不會穿得太少了？」

「對不起。來這裡的電車上，他流了汗，所以我幫他把上衣脫掉了。」

麻美從手提包裡拿出一件也起了毛球的胭脂色毛線外套，起身走到矢田旁的沙發。矢田把孝治抱起來放在身旁的沙發上。麻美手腳俐落地幫他穿上毛線外套，抱起他走回對面那張四人座沙發上。從她的動作中不難看出，她心神不寧，很想趕快把兒子抱回身邊。

「英治小時候哮喘也很嚴重，我和我老婆每天晚上都很辛苦。我和我家的親戚支氣管都很弱，我還有一個叔叔因為哮喘很早就死了。」

「是嗎？這孩子只要扁桃腺一發炎就會發燒。」

「對，對，英治小時候的情況也很嚴重，所以在讀小學之前，把扁桃腺和腺樣體都切除了。當時還需要全身麻醉，手術後好長一段時間只要一吃東西，喉嚨就會痛，英治什麼都不吃，害我們緊張得不得了。我和我老婆買了很多布丁和果凍，想要騙他吃，但他就是不張嘴。明明肚子很餓，但那個任性的傢伙就是咬著牙不吃。兩、三天後，我覺得不對勁，往病房的架子上一看，發現我朋友送來的香蕉少了幾根。那時候香蕉很珍貴，我去醫院看他時，也會拿來吃，但無論怎麼算，數目還是不對。我問我老婆：『妳吃了香蕉嗎？』她回答說：『沒有。』我們才恍然大悟，英治這傢伙趁我們回家的時候，一個人偷偷吃香蕉。所以，對人來說，一旦感受到肚子餓了，一點小痛算不了什麼。」

麻美說：「我第一次聽說這件事。」然後笑了笑。矢田也跟著笑了起來。麻美把孝治抱在腿上，上下玩著他的手哄他。每次甩手，孝治就開心地笑著，抬頭看著母親的臉，皮膚白皙的小下巴上有一條紅色的線。

「沒問題，」矢田說：「我會準備兩百萬圓，我相信妳說的話，但真的是最後一次了，下次我絕對不再幫忙了，我也要和英治斷絕父子關係。我不會問妳的感想，他已經無可救藥了，根本不可能洗心革面。雖然我是他父親，但不想和他有更多牽扯。我會拿錢出來，請妳把這件事告訴他。」

「對不起。」麻美深深地行了一禮。

「匯到之前那個帳戶就可以了吧？」

「對。」

「那我明天去匯錢。」

「萬分感謝。」

矢田喝完已經冷掉的茶後站了起來。麻美也同時起身，孝治不知道什麼時候已經在母親懷裡睡著了。麻美率先走出客廳，矢田靠近孝治沉睡的臉，聞到一股幼兒帶著乳臭的特有味道。

「這孩子很乖。」矢田小聲說道。

麻美在玄關穿好鞋子後，把孝治穿來的帆布鞋裝進事先準備的塑膠小袋子裡，收進手提包後站了起來。在她穿鞋的時候，矢田抱著熟睡的孝治。

「真的很對不起，我相信我老公這次一定會痛改前非，絕對不會再給您添麻煩了，我也會盡力協助他。」

矢田點頭不語。「為了以防萬一，妳留下家裡的地址和電話吧。」

矢田突然脫口說道，連他都很意外自己會說這種話。「那裡有便條紙。」

鞋櫃上有紙和鉛筆。麻美半蹲著，用鉛筆迅速寫著。矢田探頭張望著。麻美寫下目黑區某個町的地址後，停下筆，寫了矢田英治的名字，又寫上自己的名字，最後寫了孝治的名字。

矢田英治

麻美

孝治

她寫的字格外工整，令矢田有點吃驚。看到他們三個人的名字整齊地排在一起，矢田不禁感慨萬千，腦海中出現了這樣的排列。

矢田泰治

嘉寶麗

英治

麻美

孝治

這是矢田至今為止從來沒有想像過的延續，然後，他又繼續無限想像下去。

矢田泰治

嘉寶麗

英治
麻美
孝治
〇〇
〇治
〇〇
〇治
〇〇
〇治
……

「那我告辭了。」

矢田接了過來，向她微微欠身，麻美一隻手拉開拉門，走出玄關後，再度向矢田鞠了一躬。

——她應該覺得自己大功告成了吧。

矢田的腦海中閃過這個念頭，但在麻美直起身子，面對矢田時，這種無情的感慨頓時不知道蒸發到哪裡去了。麻美露出難以形容的表情，像是鬆了一口氣，又像是夾雜著疲憊，充滿悲哀而又失望的表情。矢田強烈地感受到自己必須說些什麼，但是，那應該是即使掰開他的嘴，也不可能說出的話。在這個緊要關頭，矢田必須賭上一切，也就是必須賭上自己文學人生的一切忍住。

然而，矢田功敗垂成。

「雖然我剛才那麼說，但其實如果遇到什麼困難，記得告訴我一聲。」

麻美咬著嘴唇，然後立刻再度深深鞠了一躬，不發一語地輕輕關上拉門。矢田默默地站在原地，孝治矮小的背影一直烙在他的視網膜上。

## 4

因為非假日的關係，郊區的小車站內人影稀疏。時序已經過了十一月中旬，空氣仍然半溫不熱的，出門時穿的大衣如今掛在手上。

矢田已經有八年沒來這個車站了。

雖然周圍的環境小有改變，但站前商店的樣子、被位在鄰町工廠的大煙囪切成兩半的藍天和筆直的銀杏林蔭道都一如往昔。唯一明顯的不同，就是這個小車站也改成了自動剪票口。

矢田緩緩走在滿地銀杏黃枯葉的大路上。八年前，他也是在這個季節造訪。那次剛好下完雨，可以隔著鞋底清晰地感受枯葉的觸感。沿著這條路走十分鐘，就可以來到N醫院的正門。

嘉寶麗就在那裡。

這裡的職員以前都穿白色上衣，如今改成了便服。除此之外，N醫院似乎完全沒有改變，只有在寬敞中庭的角落增建了一棟嶄新的病房大樓。矢田走進嘉寶麗所住的本館舊病房大樓前，來到那棟新的建築物旁。正門入口掛了一塊大理石的牌子，上面刻著「日本精神科學研究中心」這幾個字。看到「日本精神科學」這幾個字的奇妙組合，矢田忍不住苦笑起來。這樣到處都是瘋子、被歲月遺忘的陰森森的醫院，職員到底抱著怎樣的做學問態度和熱忱，研究「日本精神科學」？

因為嘉寶麗的關係，矢田從年輕時就研讀了精神病理領域的書籍，也曾經根據學習的經驗，寫了一篇類似科幻小說的作品。當時適逢高度經濟成長時期，引起那些開始自覺各種精神失調情況的現代人極大的興趣，成為銷量數十萬冊的暢銷作品。主人翁當然是以嘉寶麗為範本，在這部小說風靡坊間之際，卻必須把嘉寶麗送來這家醫院。現在回想起來，實在是很諷刺。

嘉寶麗的病房位在本館的三樓，面會手續和之前一樣，在三樓電梯前的櫃檯拿了面會單，填上姓名、希望面會時間後，在「面會地點」欄的（病房・面會室）中圈選「面會室」後，交還給櫃檯的女職員。職員用紅色鉛筆在空欄寫上⑤，對他說：「矢田先生，請去五號面會室等候，馬上就會帶過來了。」

矢田離開櫃檯，走向右側的長廊，來到中央挑高螺旋階梯下方的寬敞圓形樓層。從上方俯瞰這棟本館，這棟建築物呈凸形，凸出的部分呈彎曲狀，正是矢田此刻站的地方。彎曲的凸出部分正中央是階梯的挑高部分，面會室圍繞在周圍。總共有七個房間，每個房間都很寬敞。挑高空間的周圍放了幾組沙發和高腳菸灰缸，提供面會的訪客等候。此刻卻只有矢田一個人。二十多年前第一次造訪此地時，整棟建築物也空空盪盪的。當時，矢田是喜歡這棟建築物很有現代感，多少緩和了他拋下妻子的罪惡感。只要病人願意，也可以直接從面會室去下方的寬敞中庭。螺旋階梯正是為此目的而設，嘉寶麗住院後的前幾年，至今每次換季時，矢田都會來面會，但從來沒有和嘉寶麗走過螺旋階梯。

來到掛著五號牌子的房間前，矢田推門而入。七坪多的寬敞室內有一整片落地窗，冬天的陽光從窗戶灑了進來，把整個房間都照得十分耀眼。典雅而高級的皮革沙發組放在房間中央，除了老舊的暖氣發出低吟，周圍的一切都很安靜。房間角落有一個掛大衣的衣架，旁邊是一個大書架，裡面放了許多外文書。每個面會室都像這樣放滿外文書，那是這家醫院的創始人N博士——他是日本精神醫學的先驅，也曾得過文化勳章——的龐大收藏。

五分鐘後，響起敲門聲，門應聲打開了。年輕的看護——他穿著白色上衣——牽著嘉寶麗的手走了進來。矢田起身行了一禮，看護和嘉寶麗在對面的沙發坐了下來。

「謝謝你們的照顧。」矢田說。看起來才二十出頭的看護面帶微笑地說：

「今天的情況很不錯，早餐吃了很多。」

他的聲音和語氣都是這家醫院獨特的中性感覺。

「是嗎？她看起來很不錯。」矢田也坐直身體說道。

「對，現在幾乎已經不再發作了。」

「是嗎？那太好了。」

「你們要出去嗎？如果要出去，我去幫她拿鞋子。」

「不，先在這裡……」

「沒問題。如果有什麼事請按鈴，還有離開的時候也麻煩按鈴。」

看護說完，站了起來，悄然無聲地踩著滑步走出房間。

矢田終於看向暌違八年的妻子。嘉寶麗穿了一件綠色毛衣搭配咖啡色長褲，外面套了一件紅色背心。頭髮已經全白了，剪成短髮造型，看起來像是年過七旬的老太婆，其實她比矢田小兩歲，才六十一歲而已。原來她已經過了花甲之年，矢田暗自想道。

「好久不見。」

矢田說，嘉寶麗目不轉睛地看著矢田的臉。雖然她的目光集中在他臉上，但她的瞳子似乎無法分辨背後大窗戶灑入的冬陽，和眼前這個上了年紀的男人有什麼差別。

「太好了，妳看起來很不錯。」矢田露出淡淡的微笑。

「今天的天氣很溫暖，我想出門走走。仔細想一想，發現到了這把年紀，甚至沒有想去的地方。年紀越大，想去的地方越來越少。當然，像妳一樣一年三百六十五天都待在同一個地方也很辛苦。」

嘉寶麗默然不語地看著矢田。

「妳有沒有缺什麼東西？我每個月都請松山幫妳張羅。」

這二十年來，松山就像是矢田的助理。他是當年矢田勤於創作時經常投宿的神樂坂小旅館負責打雜的，再加上他無依無靠，所以，在嘉寶麗離開後，矢田就付他少量薪水，請他在閒暇之餘照顧自己的生活起居，嘉寶麗的事也完全交給他負責。

「上個星期我去醫院，發現大腸有一小塊息肉。以前都要住院剖開肚子動手術，現在醫學科技發達，聽說可以用內視鏡前端的剪刀切割下來。明天就要動手術，今天一整天都得吃這種東西。」

矢田從帶來的小提包裡拿出小紙盒，打開後，拿出裡面的東西。那是白色類似薄型餅乾的東西。

「這個完全沒有味道，如今這個時代，光吃這種東西就可以生存。有時候，我覺得最近的人越來越退化了，忍不住想起以前吃地瓜和樹皮的時代。目的都一樣，都是為了苟延殘喘。」

說著，矢田咬了餅乾一口。「妳要不要也試試？」

他抽出一塊遞到嘉寶麗面前。嘉寶麗的表情微微動了一下，看著矢田手上的白色固體。「快啊。」

矢田搖著手腕，嘉寶麗的右手伸過來抓住餅乾。無論精神再怎麼荒廢，都不會喪失和食慾有關的原始功能。矢田試著刺激嘉寶麗的這個部分。

嘉寶麗把餅乾拿到嘴邊咬了一口，發出咔啦咔啦清脆的聲音。矢田看了，也開始吃餅乾。

「對吧？是不是完全沒味道？」

安靜的室內只有兩個人發出的咔啦咔啦聲音。

「妳也老了。」

矢田把小紙盒放進皮包，再度看著嘉寶麗。「對了，對了，」矢田突然想起什麼似的說：「今天有一件事要來告訴妳。」

他輕咳了一下，繼續說道：「我們的孫子出世了，很可愛的男孩，叫孝治，才一歲半左右，我也是最近才剛知道，所以想來告訴妳，反正英治也不會來這裡看妳。」

這時，矢田發現自己臉頰的肌肉放鬆了。「長得和英治一模一樣，所以，也和妳長得很像。」

嘉寶麗一動也不動，眼睛也不眨一下，默然不語，彷彿擺設的人偶般靜靜地坐在那裡。

「那孩子離開後，我想了很多事。我除了寫作以外，幾乎很少思考。我想起和妳相愛、和妳生下孩子到底有什麼意義，都是這些微不足道的事。」

說著，矢田陷入沉默，閉上眼睛。當他閉上眼睛，好幾種感覺頓時油然而生。其中之一，就是溫暖的感覺。他的皮膚感受到不同於暖氣和戶外陽光造成這個房間溫暖空氣的另一種溫暖。同時，也聽到隱約的聲音。那是眼前坐在對面的嘉寶麗所發出的，帶著溫暖的呼吸。

「最近我終於發現，我似乎太注重人生的意義，反而疏忽了人生。因為想要祝福人生的意義，完全沒有發現人活在世上本身就是一種祝福。我終於再也寫不出這種作品了，這讓我有點感傷，即使是謊言，如果還可以寫出這種東西……」

矢田閉上眼睛，感受著嘉寶麗的氣息良久。

「好了。」他低聲嘀咕後張開眼，嘉寶麗仍然文風不動地坐在那裡。

「我差不多該走了，妳多保重。」

矢田緩緩按下連著地上長長的電線，只有頭部放在桌上的圓形呼叫鈴按鈕。

走出戶外，吹來很有冬天感覺的冷風，積在地上的枯葉在樹木下翩翩起舞。矢田沿著來路折返，從N醫院正門離開後，往車站的方向走去，發現在車站和醫院正中間的地方有一個小公園，剛才來的時候完全沒有發現。矢田有點疲憊，走進公園內，在自動販賣機買了一罐熱烏龍茶，在沒有人煙的長椅上坐了下來，再度閉上眼睛。風突然變弱，溫暖的地面升起的空氣籠罩著矢田，令他產生了些許睡意。

小宮的父母兄弟全都在廣島的原子彈爆炸中喪生，這是他成為虔誠基督教徒的最大原因。當時，還在讀國中的他剛好因為工廠動員出了城，雖然受到影響，卻幸運撿回一命，但他也因此放棄生兒育女，和他交歡過的無數女人都不曾生下他的孩子。當喜久子懷孕，矢田不知所措去找他商量時，小宮再三叮嚀：「千萬不可以墮胎。」

而且，還一臉正色地提出忠告：

「你絕對不能忘記可以為人父母多麼幸福。」

英治嚷嚷著他快發瘋，在房間內滿地打滾時，矢田和嘉寶麗一度認真地修復彼此的關係。一家三口親密無間地出遊，嘉寶麗就是在旅行時企圖自殺。那是為了向一接到喜久子的電話，聽說愛實的身體狀況急速惡化後立刻趕回東京的矢田賭氣。英治半夜發現母親服藥後的異狀，驚慌失措地向旅館的人求助。

把英治接到只有一間三坪大房間的公寓同住的翌日早晨，喜久子一早起床，把英治的衣服洗乾淨，熨燙後幫他穿上，做完早餐後，才叫醒熟睡的矢田。當矢田牽著英治的手回家時，喜久子站在公寓玄關，面帶微笑地揮著手，目送他們的背影遠去。

矢田有生以來第一次進入女人身體時，嘉寶麗輕嘆一聲，用力抱著矢田，輕聲地呢喃：「你不用再害怕，從今以後，我會保護你。」

當年從警察署把英治帶回，第一次面對麻美時，麻美一邊手足無措地整理亂成一團的房間，一邊緊張地說：「啊，怎麼辦？怎麼辦？我還沒有化妝。」端了一杯根本無法喝的滾燙茶水給矢田——

矢田怔怔地陷入恍惚，往日記憶的片段不斷湧現，終於連成一條線，漸漸填滿自己的意識。

這些記憶溫柔地填補了自己多年以來所寫的那些蒼白文字的縫隙，最後覆蓋了所有的文字。這些曾經像刀刃般閃著亮光的文字終於浸入宛如果凍狀的記憶液體中，急速失去光澤。某些字句在無意識中產生了意義，變成了矢田花費大量時間、勞力所學的自古至今海內外的詩人、哲學家和文學家的詩句和思維。有些內容已經完全滲透在腦海中，變成無數或長或短、會自然浮現的話語。

這些從書本上學到，又重新再躍然紙上的所有文章，將宛如被海浪摧毀的砂之城般漸漸失去外型、支離破碎，回歸成一句句沒有意義的文字，然後，一字一句都會蒸發，遠離矢田的意識。最後只剩下沒有外型、沒有意義、沒有重量的某種飄浮柔軟液態的東西。

矢田喝了一口烏龍茶，仰望著冬日清澈的藍天。然後，緩緩低下頭，注視著被枯葉掩埋的腳下地面。剛才在耳邊低吟的風聲已經停止，他覺得自己沉浸在徹底的寂靜中。

內心深處突然湧現千頭萬緒。這份難以形容的感情熾熱地從內心迸發，這種不符合年紀的激動令矢田感到羞恥，但這分感情無法平息，終於化為一句話清晰地從意識的海洋中浮現。

——感激。太令人感激了。感激、感激、感激、感激。矢田不知不覺地在內心一再重複這個字眼，內心的感情浪潮更加波濤洶湧，震撼了精神的根基，震動也傳遞到肩膀、後背和雙腳。矢田發出言不成語的呻吟，低著頭，把身體蜷縮得更緊，承受著這陣近似疼痛的顫抖。

矢田覺得如果自己無法產生這分令身體翻騰的強烈感激，就無法再前進一步，自己已經走到這種無可救藥的境地了。這就是自己的終點站吧，這就是和其他人一樣平淡無奇的、悲哀的末路。想到這裡，熱淚從矢田的雙眼溢了出來。

矢田嗚咽起來，滿臉都是無盡的淚水。他再也無法抑制身體的顫抖。這個人生固然不完美，但他沒有勇氣承認這樣的人生糟糕透頂，只能說走過了這一遭而已。即使如此，為了繼續走完往後所剩不多的時間，必須認為這種慚愧之念是恩寵的餘韻，必須心存感恩，帶著全新的心情走完人生路。

六十三歲的矢田泰治似乎終於感受到人生真正的祝福。

# 花束

# 1

調到第一產業局金融部的六個月期間，如果撇開參加每週兩次的連載企劃會議不談，我和本鄉先生幾乎沒有說過幾句像樣的話。至於在企劃會議上的對話，也只是本鄉先生言詞犀利地用三言兩語對我的提案嗤之以鼻，當我顧慮到自己是新進人員，委婉地反駁時，他立刻不屑一顧地回答：

「金融部不值得跑這種鼻屎大的新聞。」

《中央經濟新聞》的第一產業局金融部的確算是明星部門，本鄉孝太郎在金融部內也是傲視群雄的獨家報導記者。已經在盛岡、橫濱支局各待了兩年，在第三產業部跑物流業界這條線三年的我已不是菜鳥，怎麼可能在企劃會議上提出被只比早進公司五年的前輩說成是「鼻屎大」的企劃？

不光是開會的時候，本鄉孝太郎目中無人、專橫跋扈令整個部門（不，是整個公司）都不敢恭維。金融部的陣容不小，總共有三十五人，分成負責大型都市銀行的第一小組、負責地方銀行和第二地方銀行的第二小組、負責信用金庫及其他各種金融機構的第三小組，和負責壽險、產險等保險部共同合作的第四小組，還有專跑日銀、大藏省銀行局、理財局、全銀協的特別小組。我被調到金融部後最驚訝的是，只有本鄉孝太郎一個人完全不受這種職制的約束。他不屬於任何一個小組，也完全不受各小組組長，也就是那些比他年長的主編的管理。他可以在任何時候隨心所欲地參加任何一個小組的會議，暢所欲言、故弄玄虛地調侃那些主持會議的主編，甚至還不時出入第一產業局的證券部和保險部等其他部門，我行我素，完全不給佐多金融部長面子。

本鄉的這種工作態度當然會引起部門內其他成員的反感。

如果他每隔兩、三個月不寫出一則驚天動地的獨家報導，就會立刻被踢去其他部門，而且，即使他寫了獨家報導，報社內也沒有人給予高度的評價，總是酸溜溜地說：

「像他這樣不用整天來公司，想幹嘛就幹嘛，誰都可以寫出這種程度的報導。」

本鄉孝太郎的確很能幹，報社以外的人都認為他是中央經濟新聞的明星記者，金融業界更是無人不知他的大名。

最瞭解這一點，而且也最賞識他的莫過於兼任第一產業局局長和編輯局局長，目前在編輯局內最有實力的鹿島誠三常務董事。鹿島編輯局長無視各部長與各局長一而再、再而三的投訴，這幾年來始終給予本鄉先生特殊的待遇。

公司內部都暗自稱他們為「鹿島、本鄉表兄弟」，這種叫法帶著某種隱喻，在員工之間口耳相傳。我從支局調回總公司的四年前，這個話題已經呈半公開的狀態，本鄉先生每次搶到獨家，成為頭版頭條新聞，或是本鄉先生每年囊括編輯局長獎、董事長獎時，報社員工就會在經常出入的新橋一帶酒店內，添油加醋、繪聲繪影地談論這件事。因此，當我被調到金融部後半年期間，我和其他同事一樣，對本鄉孝太郎這個人敬而遠之。

「平井，你今晚有空嗎？」

我剛送出明天早報的兩百二十行報導內容，正在喘一口氣時，聽到背後的聲音，不禁嚇了一跳。因為那個獨特的沙啞聲音的主人正是本鄉孝太郎。

本鄉先生站在我面前，露出靦腆的笑容。我抬頭看著他散佈鬍碴的粗獷臉龐，不假思索地回答：「有啊。」

本鄉先生扶著我身後第二組主編的椅子椅背坐了下來，椅子的主人已經下班了。

「今天你不是向草包提到很玄的事嗎？我想聽後續的具體內容。」

本鄉先生說道。我一時不知道他在說什麼。草包是第一組主編安藤幸一，我急忙回想白天和主編的對話。

「大興銀行的事嗎？」

本鄉先生低頭輕輕苦笑著。

昨天晚上，我從在都市銀行中敬陪末座的大興銀行資金部長的口中得知，該行旗下專門負責住宅貸款的非銀行金融機構❾「大興房屋」有超過一兆日圓

❾Non-bank bank，商業銀行、專業銀行以外，包括信託、證券、保險等金融機構。

的延滯債權，經常赤字已經突破四百億圓，所以就向安藤主編報告了這件事。除此以外，應該沒有什麼值得一提的消息。看到我滿臉錯愕，本鄉先生很受不了地說：

「是富島屋的事，笨蛋。」

這時我才終於想起來。由於安藤對大興房屋的數字興趣缺缺，我沒有繼續詳細報告，稍微提了一下歷史悠久的大百貨公司富島屋內部紛爭的內幕。安藤對富島屋的事也顯得意興闌珊。

「喔。」

「那件事，你是在什麼時候聽誰說的？」

「那是眾所周知的事，但其實和主要往來的光榮銀行無關，而是反少東派的富島清太郎在背地裡和第一中央銀行聯手打算把少東拉下馬。這是我前天從以前在第三產業局時就認識的富島屋佐伯專務董事那裡聽說的。佐伯先生因為和少東對立，現在被貶到名古屋當分店長，這次剛好來東京參加分店長會議，說想和我見面，所以就見了一面。但聽說只是富島清太郎的一廂情願，只要光榮銀行當少東的靠山，身為父親的富島清太郎即使再怎麼努力，也很難再奪回大權了。」

富島屋是創業於江戶時代中期的百貨公司，算是老店中的老店。由經營匯兌業務致富的富商富島清兵衛的後代富島家族掌權，但現任董事長富島清一和他的父親，也就是擔任總裁一職的清太郎在經營方針上的對立浮上檯面，導致分為董事長派和總裁派內鬥持續了兩、三年。清一的靠山是都市銀行中獨佔鰲頭、在該百貨公司多元化經營過程中成為主要往來銀行的光榮銀行；清太郎的靠山則是都市銀行中屬於中等規模、被光榮銀行奪走主要往來銀行寶座的第一中央銀行。

「你和第一中央的坂本很熟吧？」

本鄉好像沒在認真聽我說，摸著鬍碴，突然這麼問道。我在跑富島屋線時，目前擔任第一中央銀行總裁的坂本一是負責物流的副總裁，我曾經多次採訪過他。他必須為被光榮奪走主要往來銀行一事負責，今年年初他升為總裁時令我相當意外，也成為業界討論的話題，所以印象很深刻。坂本在和大藏省空降的前總裁爭奪戰中出局，應該被排除在這次總裁遴選名單之外。他的學歷只有舊制的橫濱高商畢業，是從基層做起的銀行家。

「也不算很熟，只是很談得來，至少我是這麼認為……」

我的話還沒說完，本鄉先生突然站了起來，我忍不住把身體往後仰。

「你還在發什麼呆，走吧。」

我也跟著他站了起來。

「去哪裡？」

「那還用問嗎？當然是坂本家，笨蛋。」

當時，我完全沒有預料到這成為我和本鄉先生之間短暫卻難以忘懷的交往起點。

## 2

「富島清一董事長遭撤換，決定由總裁清太郎回鍋掌權」

和本鄉先生一起拜訪第一中央銀行總裁坂本一家五天後，平成五年九月十三日星期一，我寫的這篇報導成為中央經濟新聞早報的頭版頭條新聞。

在我們這個行業，星期一是發佈獨家新聞的固定日子。尤其是經濟新聞，週六和週日幾乎是休戰日，對在不引起其他報社注意的情況下追蹤獨家新聞的記者來說，更是進一步確認消息的絕佳機會。報社在週六、週日的應對較弱，星期一早報容易發生新聞不足的情況。這種時候如果有獨家新聞，就可以「贏在起跑點」。

然而，當天早晨，我看著成為頭條的報導，內心卻很複雜。把稿子送去趕印早報最終版的深夜兩點，之前一直神龍見首不見尾、一整天都不見蹤影的本鄉先生飄然出現在我的辦公桌前，把我拉到編輯局的一個小房間內。

我看著自己寫的、應該是記者生涯至今為止最大的獨家報導，鬱悶地覺得這也許一切都是本鄉先生設計的陰謀。難怪那天早上開始，其他同事就對我特別疏遠。我難得報導了一則獨家新聞，上午的電視新聞也都在談論我的報導，佐多部長、安藤主編和其他同事都沒有一個人鼓勵我。大家都顯得不以為然，若無其事地各自打電話、出門採訪。草包也只對我說了一句：

「晚報還要做追蹤報導，寫得扎實一點，不要被別家搶掉風頭。」

然後，我就在整理部的催促下，到下午之前都默默寫著今後富島屋的動向、對光榮、第一中央銀行的疑慮等雜感。

追蹤報導的主要內容由我之前工作的、負責物流業的第三產業局的記者撰寫，昨天就已經討論過相關內容了。因為這樣的關係，所以我在落筆時，腦袋裡一直思考著今天凌晨從本鄉先生口中聽到的重大消息。

我終於知道，對本鄉先生來說，富島屋的事原本就是不足為奇、鼻屎大的新聞而已，我甚至懷疑，本鄉先生的真正目的是假借富島屋的名義，把我變成他的手下。本鄉先生透露給我的那則新聞的確是他無法獨立完成的。

這是陷阱嗎——昨天中午和第三產業局的人開會時，栗田千尋說了奇怪的話，讓我產生了這種奇怪的想法。

和第三產業局第一物流部的部長還有其他以前老同事在尷尬的氣氛中開完

會（本鄉先生照例沒有出席），我回到座位後，栗田千尋特地過來找我。她比我晚進公司五年，今年二十五歲，只是區區菜鳥記者。雖然並不是每家報社都如此，但在中央經濟新聞社，剛從大學畢業的女職員不必派駐各個支局已經成了不明文的規定。在同時進公司的男職員都必須承受被派駐到外地支局三、四年的不幸遭遇時，只有女記者可以在總公司的中樞部門採訪，說起來實在太沒道理，但在男性社會中，這種反差別待遇往往大行其道。而且，女人都理所當然地接受這種待遇，毫不介意這種差別。栗田也是典型的這種人。她是第三產業部公認的討厭鬼，不知道她自己沒有發現，還是明明知道卻故意佯裝不知，總之，她至今仍然不懂得該怎麼和前輩說話，再加上聽說她是本鄉先生的情婦，更影響了其他人對她的觀感。

栗田穿著可以充分襯托纖腰的合身短裙，毫不吝嗇地露出一雙修長美腿，她身上那套花稍的橘色套裝也是我第一次看到。

「平井先生，你好厲害，我對你刮目相看。」

她劈頭說道。

我注視著她鼻梁高挺、五官端正的臉，想像著邋遢的本鄉先生每個星期都會在床上俯瞰這個女人不能自已的樣子。

「本鄉先生真的很器重你。」

這次的獨家報導是和本鄉先生合作這件事在整家報社不脛而走，但去坂本家裡和他交涉的是我，而且我去了不止一次，直到第三次，坂本才終於吐實。當然，從光榮那裡得到確切證詞的是本鄉先生，但最令我驚訝的是，本鄉在實際採訪時幾乎很少說話，縮在一旁，一臉睡眼惺忪的表情。

聽到我沒有回答，栗田千尋又說：

「本鄉先生不是一直沒有搭檔嗎？鹿島局長一直問他，難道真的找不到可以用的搭檔嗎？聽說你是因為這個原因，今年才會被調去產一。」

「這個傳聞該不會只有妳和本鄉先生才知道吧？」

我語帶挖苦地說，栗田千尋滿不在乎地回答說：

「是嗎？」

然後又說：

「本鄉先生經常說，一旦採訪到獨家，就很難在公司生存。不過，獨家報導不是為了公司，而是為了社會公義。平井先生，你以後可能會很辛苦，要加油喔。我會默默支持你，至少不會像剛才第三局那些人一樣，用嫉妒的眼光看你。」

說完，她就轉身離開了。

獨家新聞是為了社會公義——我以為這種話是像她那種菜鳥記者，尤其是女人才會說的迂腐大道理。新聞才不是這麼一回事。八十多歲的現任總裁回鍋擔任富島屋的董事長這種事，怎麼稱得上是社會公義？當時，我在心裡這麼想著，苦笑著目送受到獨家報導記者的影響、被冠冕堂皇的大道理耍得團團轉的栗田千尋遠去。

總而言之，當時我完全不瞭解本鄉先生這個人。

## 3

今年一月，坂本一就任第一中央銀行的總裁時，本鄉先生就察覺到這家銀行有問題。坂本總裁的這項人事案的確顛覆了業界的觀察，而且，前任總裁是六年前由大藏省銀行局局長空降的山本隆司，除了第二次世界大戰剛結束時有兩任是從銀行內部拔擢以外，第一中央銀行的總裁職位向來都是大藏省的囊中物。因此，根據業界常識，坂本根本不可能就任總裁一職。第一中央銀行雖然在都市銀行中屬於中等程度而已，但大藏省怎麼可能那麼乾脆地把已經成為囊中物的空降職位交還給銀行手中？

泡沫經濟時代，第一中央銀行經由非銀行金融機構進行鉅額不動產融資，對銀行本體產生極大影響。當年執行這種毫無章法經營方式的，正是大藏省空降的山本。因此，業界善意地分析，坂本就任總裁一職是因為第一中央銀行以大藏省支配的弊害為擋箭牌，在山本引咎辭職後，一舉回歸獨立自主的路線。

「這根本是彌天大謊！」

本鄉先生在編輯局旁的小房間內喝著咖啡，忿忿地對我說道。

「大藏省竟然會放棄空降的職位，這是前所未聞的事。如果山本不行，就會派其他人。問題是大藏省為什麼沒有這麼做，居然讓坂本老頭坐上總裁的位置。」

然後，本鄉先生用實際數字向我解釋了我聞所未聞的第一中央銀行陷入嚴重經營危機的內情。

「第一中央銀行已經由大藏省接手管理了，跟大興和報德的情況不一樣。雖然存款金額號稱在都市銀行中排名第五，其實是經過多次合併後才逐漸壯大的，經營基礎本身非常脆弱。在泡沫經濟中，資金像流水般流入子公司的非銀行金融機構，目前本金預估損失率已經超過百分之五十。非銀行之銀行的新央信貸的總資產餘額為四兆三千五百億圓，有一半已經憑空蒸發，燒掉了將近兩兆兩千億圓，根本無法繼續經營下去。第一中央已經不是銀行了，雖然目前問題還沒有浮上檯面，這家銀行必須靠日銀每個月補貼八百億圓的利息才能夠苟延殘喘，根本已經是腦死狀態。」

我難以相信本鄉先生的話。

「果真如此的話……」

我不由地這麼嘀咕道。

「笨蛋，我怎麼會說謊！」

本鄉先生氣呼呼地咆哮道。

「平井，你知道這代表什麼意義嗎？」

他的語氣立刻緩和下來，訓斥般地問我。這個問題還難不倒我。

「打算合併嗎？」

「這是唯一的可能。所以，大藏省才會讓坂本這種窩囊廢當總裁。如果繼續空降大藏省的人，第一中央的經營情況早晚會曝光，不可避免地必須合併，所以，他們才會打算讓一個可以進行遠距離操控的機器人坐上總裁的寶座，暗中進行合併作業。而且，本來就是前銀行局長山本闖的禍，對大藏省來說，如果繼續大張旗鼓地支配第一中央，就會遭到輿論的批評。所以，乾脆從銀行內部拔擢坂本。一月的時候坂本就任總裁後，我一直在找大藏省到底打算讓哪一家銀行吞併。其實，合併第一中央後仍然能夠不破產的銀行只有兩家，就是光榮和明信而已。」

「這麼說……」

我終於瞭解本鄉先生為什麼要追富島屋這條新聞了。

「沒錯，富島屋是光榮和第一中央進行接觸的幌子，而且都是大藏省一手策畫的。坂本在當副總裁時，曾經因為富島屋的事和光榮交過手，也就是說，無論是好是壞，他和光榮之間有交情。所以，就讓富島清太郎再度回鍋掌權，製造光榮和第一中央對立的假象，背地裡洽談合併的事宜。坂本露骨地在我們面前表現出對光榮的敵視，說什麼『無論如何都要讓清太郎回鍋』，都是為了掩飾和光榮之間的合併事宜。對光榮來說，也不可能主動放棄好不容易成為富島屋這家歷史悠久的百貨公司主要往來銀行的機會，更何況對手是岌岌可危的第一中央。照理說，即使為了面子，也不可能退讓。但如果已經談妥要吞併第一中央，就不需要太在意了。光榮的失利只是為了欺騙世人的假動作。我認為，這兩家銀行有百分之九十九會合併。」

我屏氣凝神地聽著本鄉先生的分析。如果可以掌握都市銀行中排名第一和第五的銀行合併的獨家新聞，將成為經濟報的世紀大獨家。但本鄉先生接下來的話和我的感慨完全相反。

「我不能坐視這起合併案的發生。泡沫經濟讓所有日本人都發了瘋，不值一文的土地擔保評價率（Assessment rate of collateral）以一百、兩百的倍數飆漲，扼殺了真正的經濟成長，使市場上資金浮濫，一旦需要為此買單時，就強迫銀行合併。為此不惜開除拚命摸索新經營方式的新世代經營者，讓八十五歲垂垂老矣的老頭回鍋當董事長。為達目的，不擇手段。我無法原諒大藏省的這種手法，到底要如何追究他們的責任？他們把這個國家的經濟搞成這副德行，仍然高高在上地指導這個國家，難道不需要受到任何懲罰嗎？開口閉口就是不能引起信用不安，不能讓任何一家銀行倒閉。為此對證券市場實施管理機制，提升匯率，不顧廠商的死活。我們難道對大藏省的這種做法袖手旁觀嗎？」

本鄉先生接著說：

「我要破壞這場合併，這是振興日本經濟的捷徑。如果每個日本國民正視第一中央銀行的崩潰，不反省大炒土地和股票的行為，這個國家的經濟永遠都不可能起死回生。」

我茫然地聽著他侃侃而談，耳邊響起栗田千尋昨天那句「為了社會公義的獨家報導」這句話。

然後，我回想起本鄉神話中的幾則故事。本鄉大學畢業時，經濟系的指導教授曾經哭著懇求他留在大學內；他在學生時代寫的論文被翻譯成多國語言，至今仍然是大學的教材（有關景氣循環的內容）。中央經濟新聞社發行的暢銷書《日本經濟分析專題講座》的執筆工作是本鄉先生進公司後的第一份工作，他也因為這份功勞成為創業以來第一位限定在總公司上班的員工——

之前召開企劃會議時，每當同事提出各種企劃時，我都很注意傾聽本鄉先生不時發表的意見和資訊。

雖然他每次都用「聽說」、「有人說」、「據說事實好像是這樣」之類的方式提出意見，但久而久之，我發現他都是從現任的企業經營高層或是政府機關的高層口中直接聽說的。

我終於明白，栗田千尋說得沒錯，是本鄉先生把我從第三產業局挖角過來的。富島屋那件事也一樣，雖然他假裝聽到我提這件事才注意到這則新聞，其實他早就鎖定了，才會找對百貨公司線很熟悉的我合作。一定是這樣。我有點不悅地陷入了沉思。

# 4

本鄉先生之後吩咐我做的工作實在是枯燥無味，無聊到極點。

「我們只有兩個人，能夠做的事相當有限。」

在我報導獨家新聞的當天晚上，本鄉先生帶我去他熟悉的銀座酒店，說是要「預先慶祝」，開了一瓶軒尼詩酒。

「我們要用最有效率的方式採訪。在報導之前，絕對不能向任何人提起這件事，我也沒有告訴鹿島局長，只說要借用你兩個月。所以，你絕對不能透露半點風聲，就連老婆也不能說。」

他再三重複叮嚀。我也再三糾正他說：

「我還是單身。」

本鄉先生醉醺醺地說：

「是嗎？平井，絕對不要結婚，一旦結了婚，原本可以改善的國家也會完蛋。」

我很意外，本鄉先生的酒量竟然這麼差。

「如果可以成功，兩個月內就會有結果。如果兩個月還抓不到他們的狐狸尾巴，就當作沒這回事。合併需要一氣呵成，大藏省也不想夜長夢多。藍圖已經完成八成，分行的整合與廢除、線上軟體的組合與更新計畫也都已經完成了。我們不需要這方面的資訊，只要確認一件事：就是是否真的要合併。我們兩個人調查兩個月就足夠了。」

喝了一個小時，本鄉先生的舌頭就開始打結。我只能無奈地點頭如搗蒜，本鄉先生命令我這個月從早到晚盯梢第一中央銀行的企劃部長杉山博人。

「杉山早晨離開家門到回家、關上房間的燈之前，你都要徹底跟蹤。要親眼確認他在哪裡、和誰見面。如果合併案有進展，他一定會和大藏省、日銀還有光榮的人接觸。地點不是在飯店就是在大藏省的辦公室，或是鄉下的廉價旅館，我也不知道具體會在哪裡。但最後關頭一定會見面，你必須徹底確認。」

我對這種類似偵探的工作是否真能掌握合併的確切證據存疑。

「但我根本不認識大藏省的人或是光榮的人，還不如由你去問第一中央或是光榮的高層。」

本鄉先生靠在沙發上，幾乎快睡著了，突然坐起來瞪著我：

「平井，關於合併的事，第一和光榮知道這件事的只有……」

他太大聲了，我忍不住四下張望，提醒本鄉先生：「請你小聲點，不是要保守秘密嗎？」但本鄉先生已經睡著了，豎起五根手指的那隻手仍然伸在那裡。

最後，我只能看著在一旁呼呼大睡的本鄉先生，把半瓶軒尼詩倒進胃裡。

我發現本鄉先生睡覺的表情很孩子氣。邋遢的鬍碴、鬈曲的頭髮、縐巴巴的西裝看起來和瀟灑沾不上邊，但去除這些因素後仔細觀察，發現本鄉先生其實很有男人味。

酒店的媽媽桑不時在熟睡的本鄉先生耳邊小聲說：「本鄉、本鄉，趕快起來，不然和你一起來的年輕記者很傷腦筋。」但本鄉先生每次都像趕蒼蠅似的揮手，媽媽桑只能露出苦笑。

「他每次都這樣，不好意思，讓他再睡一下，等一下再送他回家吧。看他這副樣子，應該最近都沒有回去加奈子那裡。」

年近五十、濃妝豔抹的媽媽桑對我說道。聽到媽媽桑提到加奈子的名字，我嚇了一跳。加奈子是本鄉先生的太太，聽說結婚前是銀座的酒店公關。

「媽媽桑，妳認識本鄉先生的太太嗎？」

「當然認識，她以前是本店的紅牌小姐，竟然被他拐走了。」

媽媽桑這麼說著，用手指戳著沉睡的本鄉先生的額頭。

「但是，本鄉先生的太太之前是我們公司常務董事的情婦，不是嗎？」

我問。媽媽桑一臉錯愕地回望著我。

「啊喲，你說話很直言不諱嘛。」

「因為公司的人都這麼說。本鄉先生為了巴結常務董事，所以娶了他的女人。」

我也醉得差不多了，不想再拐彎抹角地說話。

媽媽桑嘆了一口氣，輕聲嘀咕說：

「是啊……」然後又說：「本鄉雖然在工作上很有能力，但在這方面就有待加強了。」她豎起了小拇指。

「該怎麼說，當時是加奈子很投入，而且本鄉在結婚之前完全不知道這件事，事後才聽公司的人提起。從此之後，他和加奈子之間的關係就出了問題。」

我沒有答腔，輕輕笑了笑。

「你叫平井吧？你知道本鄉是哪裡人嗎？」

她突然問了這個奇怪的問題，我愣了一下。

「不知道，應該是東京吧，聽他說話，完全是東京腔。」

「其實並不是。」

媽媽桑用嚴肅的眼神看著我，濃妝下仍然可以看到她眼睛周圍的皺紋。

「本鄉是道地的關西人，在河內出生、長大。讀大學時來到東京，所以剛進公司來我們店時，說話一口大阪腔。我也是關西人，和他很談得來。唉，這已經是多年前的往事了。」

這番話讓我很驚訝。

「後來，本鄉花了很大的力氣改成了東京腔，因為關西腔在採訪企業時很吃虧。他這個人，凡事一旦下了決心，就會做得很徹底。現在完全不說關西話了，在他眼中，工作永遠放在第一位，但他這個人不夠機靈，所以在公司內，除了鹿島先生以外，他並不受公司高層的賞識。他這麼賣力工作，真的很不值得，不過，這也是本鄉的優點。他已經好幾年沒有帶年輕人來這裡了，想必他覺得和你可以合作愉快吧。所以，我知道你會很辛苦，本鄉的事就拜託你了。因為我覺得你比他做事更牢靠。」

媽媽桑說完，起身離開了。

當我攙扶著已經睡得不省人事的本鄉先生離開銀座酒店時，已經十二點多了。

我猶豫了一下，不知道該不該送他回自己家裡，但我總不能把帶送到栗田千尋家裡，所以，把本鄉先生像屍體般的身體塞進計程車後，向司機報出本鄉先生位在世田谷的地址。因為我借著酒興，突然想要一睹曾經是鹿島常董的情婦、似乎也成為本鄉先生頭痛原因的加奈子的風采。

## 5

本鄉先生住的歐式公寓很不起眼，和我月租十萬圓的公寓半斤八兩。當計程車來到歐式公寓玄關時，本鄉先生似乎終於清醒了一些。

「本鄉先生，到家了。」

聽到我的聲音，他發出「嗯」的呻吟後張開眼睛。

「喂，平井，這裡是哪裡？」

「是你家啊。你記事本上寫了這個地址，難道不是這裡嗎？」

「啊。」本鄉先生發出哀怨聲，在我的催促下，無奈地走下計程車。下車的時候，我似乎聽到他嘀咕了一句：「唉，算了。」

他的家在二樓，我扶著步履蹣跚的本鄉先生按了門鈴。手錶上的時針已經指向一點。不一會兒，傳來門鎖打開的聲音。

一個未施脂粉的大眼年輕女子探出頭來。我目不轉睛地打量著她，原來這就是鹿島常董的前任情婦。門一打開，本鄉先生就閉上眼睛，把身體靠在我身上發出呻吟，醉意好像突然又濃了幾分。

「我是平井，對不起，這麼晚上門打擾。」

我扶著突然虛脫的本鄉先生走進玄關。加奈子太太小聲地說：

「給你添麻煩了。對不起，我老公經常這樣。」

她說話的聲音很輕柔，舉止很無助，和我原本想像的差很多。仔細一看，才發現她容貌出眾，五官和栗田千尋有點神似。

本鄉先生有點氣呼呼地脫下鞋子，突然大聲說：

「我要去睡覺了！」

然後，背對著我咆哮：

「平井，你明天一大早就直接去杉山的家裡，別忘了帶手機。每隔三個小時打電話向我報告。一旦有動靜，立刻和我聯絡！」

說完，就走進了房間。站在玄關往內看，發現他家很小。走廊前方傳來用力關門的聲音。

加奈子太太不知所措地看著我。

「真的很對不起，我幫你叫回程的計程車。」

我揮了揮手拒絕了。她沉默片刻，一副欲言又止的樣子。

「呃……」她開了口：「他已經一個星期沒回家了。平井先生，你知道他睡在哪裡嗎？他有換洗衣服嗎？」

我看著眼前這個應該比我年輕、用不安的眼神看著我的妙齡女子，深深地覺得自己不應該厚著臉皮來這種地方。偷窺別人的家庭罪該萬死。

我突然想起久美子的事。久美子除了和我見面的日子，也在這麼小的家裡等待晚歸的丈夫，消耗每天的日子嗎？想到這裡，似乎能夠體會她為什麼要瞞著丈夫和我見面了。她的年紀應該也和眼前的加奈子差不多。

我說：

「他一直住在公司，公司地下室的商店有賣內衣褲。我們正在追一條大新聞，連續好幾天都在深夜去追蹤。我再三勸前輩記得打電話回家，但前輩很害羞，說記者怎麼會做這種事。是我的錯，我不夠細心。」

加奈子的眼神顯然完全不相信我的話，但我還是覺得有說總比沒說好。

之後的兩個星期，我全天候盯梢第一中央銀行的董事兼企劃部長杉山博人。都市銀行的企劃部長是銀行業務中樞菁英中的菁英，實質掌握銀行經營計畫的制定、經費管理、資產和負債管理，以及組織改革等主要業務，主持公司內部各級會議。而且，這位企劃部長也掌管由董事參加的最高經營會議的事務局。

因此，他簡直就是銀行的主機。能夠佔據這個職位的當然就是高層心腹中的心腹。如果第一中央和光榮要上演一齣合併劇，如本鄉先生說的，他絕對是兩家銀行內掌握這個秘密的五名成員之一。而且，光榮吸收第一中央，杉山顯然會站在談判的第一線，才能在具體的合併條件上維護自家銀行的權益。

跟蹤的第三天，我就吃不消了。

杉山在總公司的時候，我當然束手無策，如果他外出，我也可能因為塞車跟丟了。我原先這麼預料，所以以為應該很輕鬆。沒想到實際跟蹤後，發現杉山頻繁外出。除了經常去各分行以外，還不時出入電腦中心、前往公家機關，連飯店內舉行的各種派對也不缺席。看著這個四十九歲的男人每天忙得不可開交，而且連週六、週日都要加班，不得不對日本上班族的賣命工作肅然起敬。

最慘的就是他每天的生活從一大清早就開始了。杉山每天清晨七點離開位在調布的家，凌晨兩、三點才回家。招待客人後，他不會直接回家，總是先回公司一趟。

他每天的平均睡眠時間只有三、四個小時。

他這麼搏命工作，鞠躬盡瘁，犧牲了家庭和私生活，完全為公司奉獻，不知道如何面對自己的公司已經面臨破產危機的現實？如果按本鄉先生所推理的，第一中央遭到光榮併吞，等於斷送了他的未來。在企業社會中，遭到併吞的公司員工，尤其是像杉山這種舊體制菁英，茫茫前途可想而知。

我在跟蹤杉山的同時，似乎稍微瞭解本鄉先生的想法。到底是誰把這麼無私的企業戰士的能量引導至錯誤的方向，破壞了這個國家的經濟？難道不正是來自大藏省的前任總裁？還有煽動泡沫經濟，為了增加稅收，讓股票市場也陷入瘋狂的大藏省本身嗎？

日本的官僚美其名為穩定和延續國家秩序，建立了不負責任體制。一旦發生醜聞，就聲稱是政治家不瞭解狀況或是把責任推給企業，完全不想改變本身的自我保護體制。更令人遺憾的是，這個國家並沒有任何機構可以追究他們的責任。

我按照本鄉先生的吩咐，每隔三個小時就和他聯絡。他幾乎沒有一次在公司，我完全猜不到他在幹什麼。手機另一端時而充滿酒店的喧鬧，時而可以聽到有人靜靜的呼吸聲，還曾經突然傳來柏青哥店高分貝的演歌歌聲。

# 6

從我開始盯梢的第十八天開始，杉山不再回家。

那天傍晚，我在車陣中跟丟了他的車子，無奈之下，從晚上九點左右就在他家前等他，但一直等到天亮，都沒有看到他的黑色皇冠車回家。我急忙打電話給本鄉先生。

本鄉先生完全是好夢被人吵醒的不悅聲音問：

「今天是星期幾？」

「星期六。」

聽到我的回答，本鄉先生一派輕鬆地說，他可能從公司直接去打高爾夫球了吧。叫我今天一整天都守在那裡。說完，就想要掛電話。

我在車上熬了一夜，累得疲憊不堪，忍不住開始發牢騷。

「開什麼玩笑，我昨晚到現在都沒有闔眼。已經連續盯梢將近二十天了，做這種事到底有什麼意義？如果和重要的談判對象見面，一定會去總行或是飯店見面，有太多我看不到的地方。這種半吊子的跟蹤根本於事無補，我已經受夠了。」

好一陣子，電話那一頭沒有反應。

「但是，如果完全無法掌握週六和週日的行蹤，之前的努力就化為泡影了……」本鄉先生喃喃地說道：「好吧，我現在就過去。你今天和明天好好休息，但要等我到了之後再離開。」

他不等我回答就掛了電話。

那天晚上，我難得睡了一個好覺。天一亮的星期天早晨，很自然地六點就醒了。窗外是秋高氣爽的好天氣，打開狹小房間的窗戶，涼爽的風迎面吹來。本鄉先生一直守在那裡嗎？想到這裡，就有一種奇妙的感覺，好像硬把自己的工作塞給了他。

上午洗完衣服，整理完房間後，就無事可做了。自從開始跟蹤杉山後，我得以免除日常的採訪工作，這半個多月來，我很少去公司。獨自一人時，就會感到不安，自己好像失去了歸屬感，宛如錨鍊已經鬆掉的漂流船，整個人彷彿被晴朗的秋天吸了進去。

到了下午，我終於坐立難安，最後前往杉山家所在的調布。

走到杉山家門前，我尋找本鄉先生搭乘的黑頭計程車，卻不見蹤影。我在四周晃來晃去，心想他可能去吃飯了，結果發現一百公尺外的坡道上方停了一輛紅色房車的車頭燈在閃爍。我定睛一看，終於看到坐在副駕駛座上的正是本鄉先生。

本鄉先生吃著漢堡，有點不好意思地叫我上了車。栗田千尋坐在駕駛座上。

「怎麼了?可以休息的時候不好好休息，身體會撐不住。」

他言不由衷地說。

栗田千尋一如往常，用狂妄的語氣說：

「平井先生，你真是勞碌命，難得休假，竟然還跑來這種地方，可見你生活有多空虛。」

本鄉先生搶過千尋正在喝的可樂一飲而盡。
「我看杉山可能搬去飯店了。」
他說。他似乎並不在意我看到他和栗田千尋在一起。
他叫我不能向任何人透露採訪內容，自己卻口無遮攔地向情婦和盤托出。
我一邊這麼想，一邊問：
「為什麼？」
「剛才有一個年輕男子上門，向他太太拿了一包東西又走了。看他點頭哈腰的樣子，應該是杉山的下屬。他可能按照大藏省官員的指示搬離家裡，他們可能察覺到你在跟蹤了。」
我被他說得莫名其妙。
「平井先生，你可能不適合當偵探。」
千尋插嘴調侃，我更加生氣。
「那就沒辦法了。」
「不，沒這回事。明天你還是像以前一樣，不經意地在總行門口堵他。我相信他應該不至於每天都換飯店，所以早晚可以查到他住在哪一家飯店。」
本鄉先生把空紙杯壓扁，一鼓作氣地說：
「今天就解散吧。」
然後又說：
「千尋，走吧。」
「啊？沒關係嗎？」
本鄉先生點點頭，然後回頭對坐在後車座上的我說：
「只要確認杉山不住在家裡，就代表八成已經在進行合併談判。平井，再加把勁。」
他們送我到京王線的調布車站前，我就直接回家了。雖然本鄉先生說：「我和千尋要去打牙祭，平井，你要不要一起去？」但我還是拒絕了他的邀請。
「平井先生，明天好好加油喔。」
千尋臨走時，還丟下這麼一句惹人討厭的話。我目送著那輛紅色車子離去，沒來由地想起只見過一次的本鄉加奈子的臉。

翌日傍晚，我就查到了杉山投宿的飯店。不知道是否刻意避開第一中央銀行總行所在的日比谷一地，他選擇新宿一家去年新開張的飯店。我向本鄉先生報告這件事後，他第一次用興奮的聲音說：

「是嗎？好，那今天的任務完成了。明天上午九點，我們約在飯店大廳見面。」

然後又說：

「平井，辛苦了，跟蹤計畫到今天為止。」

他毫無預警地宣佈我不必再跟蹤了。我完全搞不懂為什麼查到杉山住的飯店就不再跟蹤了。

我去吃了飯，回到公寓時差不多晚上八點左右。一打開門，發現久美子在家。

「妳怎麼來了？」

我問她，正在看晚報的久美子抬起頭說：

「他今天又去出差了。」

我和久美子三年前已經分手了，半年前，她又打電話給我。她和我分手後立刻結了婚。我在剛踏入社會時認識她，她是我大學同學女朋友的朋友，很自然就認識了。加上我在外地支局工作的那四年，我們總共交往了六年，但在支局工作時，一個月也見不了一次面。

分手時，她對我說：「因為你讓我等太久了。」當時，她已經另結新歡。在我回總公司的一年期間，她都腳踏兩條船。當我得知這件事，甩了她一個耳光時，她這麼說道。這也是很稀鬆平常的劇情。

她的丈夫就是她當時劈腿的對象。

半年前，久美子突然打電話給我說：「我想見你。」我問：「為什麼？」她回答說：「最近我有時候會想起你，但你的臉很模糊，讓我心浮氣躁，晚上睡不著。」我覺得這根本不是理由，但還是在隔週的星期二（我記得星期二那天是我補假的日子）下午，我和她見了面。吃完飯，去以前常去的公園聊天。

久美子不停地說，她很懷念我在盛岡支局時曾經一起走過的盛岡街道，北上川很清澈，是一條很漂亮的河。

那天晚上，久美子睡在我家。我問她有沒有關係，她回答說：「他去出差了。」她的丈夫在中堅商社工作，經常要出差。

久美子來到我家後，環顧睽違三年的房間，不停地說：「和我以前來的時候完全一樣，真令人懷念。」當我把她摟在懷裡時，她縮成一團，小聲地問：「我們為什麼會分手？」我很想回答說，是妳離開我，但還是把到喉嚨的話吞了回去。

原本以為只是一夜情，沒想到這段關係持續了半年。一開始每個月一次，逐漸變成兩次，如今每個星期都會見面。上個星期，她更說了一句讓人緊張的話。

「我老公好像已經察覺我們的事。」

我問：

「他應該不認識我吧。」

「他知道你是我以前的男朋友。」

「為什麼？」

「因為結婚前，他要我向他坦白。他的嫉妒心很強，把相簿裡所有和你一起拍的照片都燒掉了。」

聽到這番話，我簡直呆住了。

最近，每次見到她，就覺得應該在陷入進退維谷的窘境前趕快解決，但老實說，每週一次的定期做愛對我身心大有幫助，雖然隱約察覺到久美子似乎越來越認真，但還是無法向她提出分手。

## 7

我們約九點見面，但本鄉先生遲到一個小時才出現在大廳。我一看到他，忍不住驚叫：「你怎麼了？」

本鄉先生的顴骨附近到下巴有兩條很明顯的紅腫抓痕。

「不，沒事。要出門的時候和她吵架。」

「她」指的應該是栗田千尋。

「沒關係嗎？傷口看起來很深。」

「不必擔心，她用指甲抓的而已。」

本鄉先生說了聲「快走吧」，大步走向電梯廳的方向。我慌忙跟了上去。

我們走進位在二樓的飯店業務部。本鄉先生一報上姓名，一個看起來腰圓臂壯的人大聲說：「我們等候您多時了！」起身走了過來。

我們跟著他來到總經理室，見到了體態挺胸凸肚的飯店總經理。

「飯山總裁已經有吩咐，但這是特殊情況，請務必保密。」

本鄉先生用右手摸著臉頰上的傷，趾高氣揚地點點頭。

「我們絕對不會給飯店方面添麻煩。」

這兩個人到底在談什麼？我完全無從得知，只知道他剛才提到的飯山總裁應該是明信銀行的飯山正美。

三十分鐘後，我就得知了一切，也知道為什麼本鄉先生昨晚叫我不必再跟蹤了……

數小時後——負責的客房經理倉田先生教了我身為飯店員工招呼客人的基本方法、這家大飯店的各種主要設備所在地和服務生的要領，然後穿上門僮的制服，像稻草人一樣站在飯店大廳門口。

米色制服配金色鈕子的立領，黑色長褲兩側鑲著白線條，再戴上黑色帽子。之後的半個多月，我必須偽裝成年輕飯店員工在這家飯店上班。

「雖說是採訪，真的要做得這麼誇張嗎？」

本鄉先生看到我的樣子忍不住笑了起來，我立刻問道。

「那當然，這才是真正的採訪。杉山用大河內的假名字住在十六樓的套房，你剛才接受特別輔導時，我已經確認了他的照片。從現在開始，客房服務、洗衣、鋪床等杉山房間所有的服務都由你負責。只要櫃檯接到聯絡，你要火速趕去服務，記住他房間內任何資料和出現在他房間的人的長相。如果他們剛好在說話，就伸長耳朵聽，他們一定會談這件事，只要你注意，一定可以聽到。」

本鄉先生說完就離開了。看著他的背影，我忍不住在心裡罵道：既然這樣，為什麼不乾脆在他房間裡裝竊聽器？

當天晚上，我就察覺杉山的房間氣氛詭異。當我拿著薄荷巧克力，去他的房間鋪床時，一名年輕男子把門打開一條縫，對我揮揮手說「不需要」；送咖啡去的時候，他也在門口接過推車，不讓我走進房間。那一刻，我在整個採訪過程中第一次感到緊張，我終於深信，本鄉先生的猜測應該八九不離十。

第九天的晚上八點，我看到第一中央銀行總裁坂本一走進玄關。我慌忙躲了起來，在櫃檯後方打電話給本鄉先生。

「坂本來了，該怎麼辦？他正在等電梯。我會跟著他，看他是不是去了杉山的房間。」

本鄉先生一開始有點意興闌珊，感覺他似乎身心俱疲、心不在焉。過了一會兒，他才突然說：

「笨蛋！坂本還會去其他地方嗎？你不要離開玄關，一定還有出乎意料的人會出現。光榮的酒田，還有大藏省的內田可能也會露臉。果真如此的話，代表合併的交涉今天進入高層會談了。總之，要特別留神，如果內田出現，就要跟蹤他，確認他有走進那個房間。」

聽到本鄉先生說，大藏省銀行局長內田昭夫可能出現，我的身體就忍不住顫抖起來。拿著電話的手發麻，電話差一點滑落。

「終於進入最後階段了。」本鄉先生在電話的另一端笑道。我似乎可以看到本鄉先生臉頰微微抽搐的笑容。

十月十二日星期二，下午十點二十三分，內田銀行局長帶著兩名下屬，帶著略微緊張的表情，從我站著的飯店正門玄關走了進來。

這就是所謂的自投羅網。我目送著這三個人從我面前經過，不禁在心裡想道。然後，我大大方方地和他們搭同一座電梯，一起在十六樓走出電梯，親眼目睹他們的身影走進一六三〇號房。

——第一中央銀行和光榮銀行合併

中央經濟新聞頭版頭條的反白大標題在我的視網膜上和他們三個人的身影重疊在一起。

這將成為戰後金融史上最大的獨家報導。

我急忙來到大廳，撥電話給本鄉先生的手機。

然而，無論我怎麼打，電話都無法接通。我開始不安起來，試了好幾次，都沒有應答的聲音，過了好一會兒才終於接通。

「您撥的電話目前收不到訊號或沒有開機，所以無法接通。」

到底是怎麼一回事？就在我不知所措時，櫃檯有人叫我：

「平井先生，有你的電話。」

我慌忙衝到櫃檯，這時我才終於發現自己在大廳的眾目睽睽之下拿著手機撥電話。

是本鄉先生打來的。

「發生什麼事了？剛才內田進房間了，我一直在撥打你的電話，你是不是關機了？」

「平井，不好意思，你馬上過來一下。」

本鄉先生語帶不悅地說。

「啊？」

「火速趕來，是緊急事件，你沒時間換衣服了，就穿身上的衣服直接搭車過來。」

「怎麼回事？」

然而，本鄉先生沒有多說。

「總之，你過來就是了。來這裡就知道了。」

他唐突地掛了電話。

放下電話，我才發現自己忘了問他「這裡」是哪裡。應該是栗田千尋家。我完全猜不到到底是什麼事，但本鄉先生異常壓抑的聲音很不尋常。我急忙在大門口攔了一輛計程車，直奔栗田千尋位在代官山的公寓。

## 8

山手通上嚴重塞車，我將近十二點左右才到栗田千尋位在代官山的公寓。雖然確認了內田銀行局長走進飯店，卻無法確認之後應該會出現的光榮銀行總裁酒田良介，令我感到十分懊惱。本鄉先生竟然在關鍵時刻做這種洩氣的事，但反過來說，可以不顧採訪的重要關頭這件事，把我找來的緊急情況應該非同小可。我有一種蠟燭兩頭燒的感覺，在緩慢移動的計程車上焦躁不已。

栗田千尋住的公寓有十多層樓，外表十分壯觀。

每個樓層似乎都有很多戶，走廊上有好幾座電梯，我在分設於好幾處的信箱上一一確認名字，終於知道她住在六〇三室。

按了門鈴，門立刻就打開了。本鄉先生探出頭，把我從門縫裡拉了進去。

「平井，真不好意思。」

本鄉先生站在玄關說。我發現他身上的白襯衫袖子和胸前都染成了紅色。

「這是血嗎？」

本鄉先生重重地嘆了一口氣。

「她在裡面的房間睡覺，我現在要去光榮的瀨川那裡，天亮前會回來。在我回來之前，麻煩你陪著她。」

「發生什麼事了？」

雖然從他血染的襯衫上已經可以猜到幾分，但我還是問道。

本鄉先生開始脫襯衫。看到我出現，他似乎想趕快離開是非之地。

「一言難盡。你第一次打電話來後，我換衣服準備去你那裡，她就開始大鬧，把我的手機摔在地上摔壞了，還把家裡的東西亂丟，簡直讓人束手無策。」

「這些血呢？」

「她突然躲回房間，一下子安靜下來，我撬開門，結果就看到她這樣。」

本鄉先生的右手食指和中指畫著左手的手腕。

「她用的是美工刀，傷口沒有很深。打電話給你之前，我帶她去了醫院。現在吃了醫生給她的安眠藥睡在客廳的沙發上，應該不會繼續鬧了。不好意思，今天晚上請你陪著她。」

本鄉先生又說了聲：「那我要去換衣服了。」走進玄關旁敞開門的小房間，我從背後抓住他的手臂說：

「等一下。」

本鄉先生用訝異的眼神看著我。

「我不知道你們發生了什麼事，但怎麼會有這種事？為什麼連這種事都要我做？」

本鄉先生露出難以置信的表情，看到他呆然的表情，我更加怒不可遏。

「我不知道她為什麼割腕自殺，但這是你私人問題，我是外人，才不要捲入你們的私事。既然你這麼擔心，那就自己留下來陪她好了。你可以明天再去瀨川那裡。我有自己的事要做，我先走了。」

在我說這番話時，本鄉先生的臉奇妙地扭曲著。我第一次看到人的臉上出現這種似哭似笑的表情。

「你……」他語不成聲，最後才擠出一句：「你不是我的朋友嗎？」

我看著本鄉先生的眼睛。這一個半月來，我們不是一起跑這條獨家新聞嗎？然後終於掌握了合併的確切證據，現在是決戰時刻，必須乘勝追擊。為什麼你連這點忙都不願意幫？什麼是我私人的問題？什麼叫你是外人？你太見外了——本鄉先生的眼神似乎如此對我訴說著。

老實說，我根本無法理解他的想法，脫口問出這句話：

「為什麼非今晚去找瀨川不可？」

本鄉先生用痛苦的眼神看著我。

「我已經通知瀨川今晚的事。他也反對這場合併，據我打聽到的消息，他很擔心一旦接收第一中央，將對光榮的根基造成影響，所以表示強烈的反對。他無意接受這項合併案，剛好讓我們有可乘之機。」

瀨川泰造是光榮銀行的副總裁，被認為是酒田總裁的接班人。

「總之，我要趕在今晚見他。坂本、酒田和內田三個人應該還在談，試圖在天亮之前促成這樁合併。這是大藏省的意志。只要我去找瀨川，他一定會大吃一驚，在我離開後打電話到飯店。明天一早，內田就會打電話到報社，要求壓下這篇報導。絕對不會錯。這等於證實確有其事。我們就可以在後天的早報刊登這篇報導。平井，這篇報導由你來寫。我去了瀨川家後，還要去鹿島局長那裡，要求他即使受到大藏省再大的壓力也絕對不能退縮。」

本鄉先生鎮定自若地說道。然後，雙手抓著我的肩膀，一雙大眼看著我。

「平井，這麼一來，我們贏定了！」

我有一種錯覺，彷彿被他眼中異樣的光芒吸了進去。他的眼中完全看不到不久前才割腕的女人的身影。

我頓時恍然大悟。他的這番教誨是我至今為止都無法抓到，卻是從出生的那一刻就在尋找的。

「好吧。」

我點頭答應。

「你過來一下。」

在本鄉先生的催促下，我也一起走進玄關旁的小房間。這時，從裡面傳來微弱的呼喚。

「阿孝，阿孝。」

栗田千尋的聲音氣若游絲，彷彿隨時會消失，和平時的她判若兩人，讓人絕對不想再聽到。

然而，本鄉先生毫不在意地在我面前脫下血染的襯衫，換上新襯衫。狹小的衣櫃裡有好幾套襯衫、領帶和西裝，都是嶄新的。

本鄉先生一邊繫領帶，一邊說：

「平井，我的皮包在那張桌上，裡面有一本撕掉封面的薄冊，你把它抽出來。」

我翻著他的皮包，發現一本有很多摺痕，已經很舊的小冊子。前面的十幾頁都隨意地撕掉了，實在是很奇妙的資料。

一開頭就印上了「B案」的名字，翻了幾頁，發現有好幾個條文式的項目，並羅列了龐大的數字。「資本比例」、「店舖網的調整」和「償還債務額」等項目首先映入了眼簾。

「這是什麼？」我問。

「你今晚好好看一下，記在腦袋裡，光榮和第一中央的合併就按照這個劇本進行。你只要按這份資料寫就可以搞定。」

「這是大藏省的機密資料吧？你是從哪裡拿來的？」

本鄉先生露出無敵的笑容，似乎很得意。

「光是為了找這份資料，就花了我一個月。這是一年前，以銀行局的銀行課長為主所策畫的劇本。正如你看到的，B案是以第一中央和光榮合併為前提，A案是自主重建，C案和D案是和明信，還有光榮以外銀行的合併案，E案是銀行團的分割案。我只拿到B案，或許多少有些變化，但大致流程應該差不多。」

「你到底從哪裡得到這些機密資料？」

本鄉先生穿好上衣，抓著皮包走出房間。

他在玄關匆匆穿上鞋子，回頭說：

「即使是你，我也不能說。」

他奸笑了一下，又說：

「我很想這麼說啦。其實是山口一郎，那我去去就回，夥伴。」

說完，本鄉先生就走了。

我聽到山口一郎這個意外的名字，覺得似乎偷窺到本鄉先生深不可測的採訪來源。今年六月由執政黨和在野黨共組聯合政府之前，山口一郎是執政黨保守黨的大老，也是掌握大藏省的前大藏大臣。

## 9

「是他叫你來的嗎？好過分。」

千尋手腕上包著白色繃帶，一臉憔悴地躺在沙發上。我在廚房的昏暗燈光下，坐在一旁的椅子上看著她，她不知道什麼時候醒了，突然開口對我說。

「那也是沒辦法的事，」我說：「他在忙大新聞——妳知道的。」

千尋看著天花板，想要擠出笑容，但臉頰的肌肉只是抖動了一下。

「一切都會在今晚見分曉，一旦錯過這個機會，不知道他們會採取什麼對策，他非去不可。」

千尋輕輕咳了一下。

「你也和他說相同的話，我沒想到你是這種人。」

「妳還是睡一下吧。」

聽到我的話，她安靜了下來。

「我今天才拿掉他的孩子。」

她冷不防地說道。

「已經三個月了，眼睛和嘴巴都成形了，都有人的樣子了。」

光線太暗了，看不到她的眼淚，但可以聽到她啜泣的聲音。

「無論工作再怎麼重要，今晚陪我一晚又有什麼關係。他知道我是帶著怎樣的心情去醫院的嗎？難道女人的心情不重要嗎？他以為我每天是抱著怎樣的心情為他做飯、為他準備衣服？我告訴他懷孕了，他居然說最近很忙，沒時間……怎麼會有這種事？是不是把我當成傻瓜了？」

嗚嗚。千尋用包著繃帶的左手擦著眼淚，我覺得她好悲哀。

「時機不湊巧，就這樣而已。」

聽我這麼說，千尋再度陷入沉默，寂靜的房間內只剩下她吸鼻子的聲音。

不知道為什麼，我想起杉山博人的背影。有人在挫敗中仍然全力拚搏，我們也應該全力以赴，這是這個世界的遊戲規則。我很想這麼問栗田千尋，為什麼她連這麼簡單的道理也不懂。

這時，千尋第一次轉頭看著我。

「不過，你這身打扮真奇怪。」

我這才想起身上還穿著門僮的制服。

「會嗎？」

「當然會啊。」

千尋笑了起來。

「你們好像傻瓜，到底在幹嘛？」

「那倒是。」

我也跟著她笑了起來。

千尋終於恢復了挑釁的眼神。

「我們應該完了吧？」

她突然用輕鬆的語氣問道。

「很遺憾，但我想應該是吧。」

這種時候，我不會說安慰的話。

大顆的眼淚從千尋的眼中流了出來，她雙手掩面。

「你走吧，我不想看到你。」

我渾身緊張，以為她會有進一步的反應，但她只是背對著我，肩膀微微顫抖嗚咽起來。

千尋睡著後，我幫她蓋上毛毯，在一旁陪她到天亮。本鄉先生在早晨七點左右才回家，他探頭看著熟睡的千尋，對我露出微笑。他的表情就像是小孩子。

「對不起，你要不要去隔壁房間睡一下？」

他說。

「接下來有什麼打算？」

我問。

本鄉先生舉起帶回來的便利商店的袋子，小聲地說：

「我想幫她做一頓美味的早餐。」

我向他確認：

「今晚把稿子完成就可以了嗎?」

「對,我也向瀨川預告說,明天早報會刊登。那些大人物今天一整天都會忙壞了,鹿島去應付他們就好,我們可以晚上再進公司。」

「好,我知道了,那我先走了。」

本鄉先生說了聲「是喔」,把我送到玄關。

戶外陽光燦爛,吹在臉上的冷風很舒服。不知不覺中,時序已經進入秋季了。

回到公寓,從冰箱裡拿出啤酒喝了起來,不禁想起千尋哭腫的睡臉。即使如此,她應該會在中午之前醒來,發現在身旁沉睡的本鄉先生,不知道她會有什麼感想?上廁所時,應該會看到內褲上墮胎的痕跡,下腹部也會脹痛,會有好長一段時間感覺身體懶洋洋的。渾身無力,感覺有點發燒,吃本鄉先生難得親手做的料理也食之無味(反正本來就不可能好吃)。接下來會有好幾天洗澡時必須夾緊白皙的大腿,看到浴室鏡子中映照出自己憔悴的身影,會忍不住淚流滿面。

然後，她就像蛻變般，對本鄉先生的感情也漸漸淡化。
我強烈希望事情的結果會是這樣。因為我覺得這才是適合她的結局。

## 10

我在公寓小睡了三個小時左右，中午過後就進了公司。我一走進編輯局，鹿島局長就走到我的座位旁。
「平井，你來一下。」
說著，他帶我走進小房間。當我們面對面坐在棕色長桌子前時，局長神色緊張地說：
「這次採訪辛苦了，你按原來的計畫，今天晚上之前寫好稿子。」
「大藏省有來關切嗎？」
我問了最關心的事。
「剛才，內田銀行局長來找我。局長承認，光榮和第一銀行合併的事的確如你和本鄉採訪的，目前正在進行洽談，不過，他希望暫時不要報導。當然，到時候會讓我們做獨家新聞，但在我們報導的同時，大藏省必須同時召開兩行合併的記者會。目前還有一些條件沒有談妥，所以希望可以有一點緩衝期間。」

鹿島有點吞吞吐吐。

「所以，今晚你先寫好稿子，我們也不能完全相信大藏省的約定，必須隨時做好付印的準備。不過，我已經和內田局長約好，隨時和他保持聯絡，由他提供第一手資訊。」

我驚訝地問：

「這麼說，明天早報不登了嗎？」

「不，不是這個意思，但也不排除這種可能。如果對方的行動不值得信賴，我們就要登。」

鹿島露出為難的表情，我認為事有蹊蹺。

「本鄉先生答應了嗎？」

「我還沒有通知本鄉，只是要先說服你。」

鹿島頓時擺出高壓式的上司態度。

「我不能擅自決定，這件事必須和本鄉先生商量。」

鹿島露出不悅的表情，但立刻收了起來。

「好吧，那等本鄉來了之後，再一起問他。他也差不多該來了吧？」

「應該吧。」我回答說。

走出小房間，我感到怒火中燒。鹿島到頭來根本是內田的傀儡。今天早晨，本鄉先生很放心地說，可以交給鹿島去處理，他為什麼相信鹿島？這種失算不像是他的作風。難道是因為和千尋的節外生枝讓他失去了應有的判斷力？

然而，當我打電話向本鄉先生報告這件事時，他竟然很輕鬆地說：

「我就知道。平井，你不要生氣，你的報導明天絕對會上報。」

本鄉先生自信滿滿地說完，又用帶著睡意的聲音說：「我傍晚會進公司。」就掛了電話。

傍晚六點過後，本鄉先生才終於進公司。在等待他的這幾個小時裡，我坐立難安。我和本鄉先生兩個人立刻再度去找鹿島局長交涉。本鄉先生劈頭就問：

「內田只是叫我們再等一下，沒有說等多久嗎？」

鹿島點點頭。本鄉先生聽了之後，看著我的臉奸笑了一下，又轉頭看著鹿島。

「鹿島先生，這麼看來，昨晚酒田和坂本的交涉觸礁了。內田很擔心是否會出現變數。一定是席間接到了瀨川的電話，酒田認為一旦事先洩漏合併消息，很難整合行內的意見。所以，當務之急就是要壓下我們的報導。如果光榮內部得知這個消息，一定會引起強烈反彈，搞不好會造成雙輸的結果。即使是大藏省，也不敢採取這麼強硬的態度。」

說著，本鄉先生更加強了語氣。

「真傷腦筋，一旦我們寫這篇報導，這起合併案破局的可能性相當大。這麼一來，好不容易採訪到的獨家就泡湯了；但如果不寫，大藏省就會強勢推動合併。至於在合併之前是否會向我們打招呼，我認為無法完全相信大藏省。」

鹿島用力點頭。

聽了本鄉先生的話，我終於瞭解他為什麼非在昨天晚上去見瀨川的原因了。本鄉先生想要從大藏省對我們報社的反應，瞭解這場合併交涉的進展。同時，在第一次高層交涉時，讓他們知道消息已經走漏，激發光榮方面的拒絕反應。

我終於想起本鄉先生在向我提這件事時曾經說：「我要破壞這場合併。」

「不，我認為可以靜觀其變，等時機再成熟一點。目前的確不知道可以信任大藏省到什麼程度，但內田至少已經答應我們。所以，我認為等交涉更進一步時再登比較好。如果因為我們的報導搞砸了這場合併，等於是把自己的報導變成錯誤報導，必須謹慎處理。」

本鄉先生輕聲嘀咕說：「原來如此。」然後，三個人都陷入沉默。

「不過，鹿島先生，如果大藏省背叛我們，率先發佈這個消息，我們卻延誤報導，你必須為此負責。現在刊登的話，即使事實沒有成真，至少現階段的確在進行合併交涉，我們並不算是完全錯誤報導。」

本鄉先生語重心長地說道。

「所以，可不可以請你請大藏省明確地向我們保證？一旦決定合併，必須立刻通知我們，讓我們登這則新聞。目前只是因為還沒有最後的結論，所以叫我們暫緩，如果無法得到他們明確的保證，怎麼對得起中央經濟新聞這塊招牌？」

「嗯，是沒錯啦……」

鹿島的臉色發白。

「那請你現在打電話給內田，他應該還在辦公室，請他把話說清楚。如果他無法明確保證，我們的報導就要見報。」

本鄉先生說完，起身拿起小房間桌上角落的電話，用力放在鹿島面前。

「但是……」

鹿島顯然很猶豫。

「不，他們只說等一下，我們根本無法解讀對方的動向，搞不好事情已經談妥，明天就會突然公佈。可能他們一開始就看破我們的手腳，想要欺騙我們。總之，這一點一定要問清楚。我們已經把相關資料都蒐集完整了，平井也已經摩拳擦掌了。」

鹿島無可奈何地拿起電話。我覺得鹿島受到本鄉先生的壓力，亂了方寸的樣子很可笑。

他慢慢撥了電話。

不一會兒，內田接了電話。鹿島把本鄉先生剛才說的話轉達給內田。

「不，我的意思是，如果無法確定時間，或是事先特別通知我們，寫這篇報導的記者恐怕無法答應。」

類似的對話拖拖拉拉持續了將近十分鐘，本鄉先生對鹿島說：「我來說。」然後幾乎用強硬的態度從鹿島手上搶過電話。

「我是中經的本鄉，好久不見。聽說你今天特地蒞臨本公司，真的很不好意思。剛才我已經聽局長說了大致的情況，如果只是一味的叫我們不要寫，我們不可能答應。」

我發現本鄉先生突然改用大阪腔說話，不禁嚇了一跳。

「當然，我也能瞭解你們的處境，萬一搞錯了，事情就大了。我們已經掌握了消息，材料也都蒐集齊全，明天早報頭版可以全篇報導。如果沒有足夠的理由就臨時喊卡，姑且不論鹿島局長和我，根本無法說服下面的記者。因為這兩個月來，他們廢寢忘食地追這條新聞，所有時間都耗在上面了。」

是啊，是啊。本鄉先生面帶微笑地附和著。

「這是你們的說詞，雖然你提到信用不安，但當初是大藏省成立那麼多家體質脆弱的銀行，事到如今才提出什麼維持金融秩序、預防擠兌，教我們怎麼接受？天下有哪一家公司已經千瘡百孔，卻不讓它倒閉的？看到銀行岌岌可危了，就乾脆找另一家來合併的道理也讓人無法理解，你們的責任不就是避免國民收這種爛攤子嗎？現在卻說什麼會讓事情曝光，叫我們不要報導，未免太異想天開了。別以為只要扛著政府的名號就可以搞定所有的事，你搞錯對象了。」

「本鄉，本鄉。」

鹿島在一旁聽得驚慌失措，伸手想要搶走本鄉先生的電話。本鄉先生用右手捂住話筒，把電話拿到一旁，對鹿島說：

「外行人閃到一邊去，你這個蠢蛋！」

鹿島的臉漸漸發黑，起身踢開椅子，走出了小房間。怒氣沖沖地用力關門的巨大聲音響徹整個房間。我目瞪口呆地目送鹿島局長離開，但他顯然是對敢向大藏省高層發脾氣的本鄉先生心生畏懼，為了逃避責任而溜之大吉。本鄉先生一臉正色，再度拿起電話。

「內田先生，你們向來在金融業界為所欲為、無所不能，根本不需要為區區報社寫的報導大驚小怪。如果光榮不聽話，就今晚加把勁，讓他們點頭就好。以前你們不就是這麼做的嗎？距離我們的報紙上市還有半天的時間，你不需要耗那麼多時間和我講電話，趕快把酒田和坂本找來談妥合併的事不就皆大歡喜了嗎？總之，我們會照登不誤，鹿島局長也做好了心理準備，無論你怎麼說破嘴皮也無濟於事了。」

本鄉先生改用東京話說完最後一句話，慢慢掛上電話。

# 11

最後，光榮銀行和第一中央銀行的合併破局了。我寫的報導在金融業界引起一場軒然大波。刊登報導當天，第一中央的股票在證券市場出現暴漲行情，隨即暴跌。第一中央銀行的經營危機實況也一下子浮上了檯面。

光榮銀行行員聽到這個青天霹靂的消息後，強烈反對這起合併案。由於這項合併案幾乎是被光榮併吞，所以第一中央的高級主管也有人公開表示反對，已經變得一發不可收拾。

令我意外的是，在大型都市銀行中排名僅次於光榮銀行的明信銀行總裁飯山正美大肆批判光榮和第一中央銀行的合併。明信和第一中央之間為了爭奪第一，不時展開激烈競爭。明信銀行極度擔心一旦光榮合併第一中央銀行，成為超級銀行，明信銀行就永遠沒機會成為第一了。同時，身為總裁的飯山敏感地察覺，一旦光榮順從大藏省的意願，接下來就輪到明信接收某家擁有不良債券的銀行。飯山是全銀協的前任會長，也是經團連❿很有實力的副會長，在財經界具有相當的實力，聽說也是現任聯合政府首相青柳浩一郎的後盾。

這次的合併因為遭到飯山的猛烈反對而徹底失敗。除了光榮和第一中央在當天就舉行記者會否定這篇報導，三天後，主管機關的大藏省也不得不由內田銀行局長出面親自發表聲明：

「中央經濟新聞的報導是空穴來風，完全不是事實。」

然而，所有業界的人都不相信我的報導毫無根據。正如本鄉先生所預測的，我的報導使大藏省不得不撤回原本想要強硬推動兩行合併的政策。

都市銀行排名第五的第一中央銀行都被逼到差一點慘遭合併的地步，令國民對目前銀行整體經營危機的嚴重性留下了深刻的印象。正值開會期間的國會設立了眾議院金融問題特別委員會，執政黨和在野黨的議員同聲譴責大藏省之前在行政指導方面的疏失，並認為必須追究責任。

❿經濟團體連合會的簡稱。

大藏省官僚設置不專業的不動產收購機構、輕率地降低銀行放貸利率、禁止法人投資者買賣股票等稱不上是根本的金融行政，試圖粉飾太平的行為遭到嚴厲的批判。

我在電視上看到內田額頭冒著冷汗在國會進行政府官員答辯時，心裡忍不住大喊痛快。

我寫的報導見報的翌日，我拿著刊登了本鄉先生採訪明信銀行總裁飯山強烈抨擊合併案的晚報，走到像往常一樣傍晚才進公司的本鄉先生座位前。

「本鄉先生，這也是你一開始就計畫好的嗎？」

我把報導遞到他面前，本鄉先生奸笑著。

「我果然沒有猜錯。」

當初是因為飯山居中斡旋，我才能順利在那家飯店當門僮。

我仔細一看，發現本鄉先生今天顯得格外神清氣爽，平時的鬍碴也刮乾淨了，看起來年輕了五、六歲。

「那家飯店是明信系列的企業投資興建的，一聽到飯店名字，我就知道有搞頭。內田和坂本都沒有注意到這個問題。銀行局局長就只有這種程度而已。」

本鄉先生說：「我認為飯山正美是日本最後真正的銀行家。」

我終於問出了一直很疑惑的疑問。

「鹿島先生為什麼最後沒有阻止那篇報導見報？」

本鄉先生再度笑了起來。

「他只能那麼做。」

我偏著頭問：「什麼意思？」

本鄉先生把椅子拉了過來。

「平井，你知道我們報社的主要往來銀行是哪一家嗎？」

聽到這句話，我終於瞭解為什麼鹿島局長最後同意刊登那篇報導的原因了。

「主要往來銀行的高層直接打電話給我們報社的記者，鹿島也只能聽命行事。而且，對方是飯山正美，我們印報紙也是在做生意。」

「那為什麼不一開始就這麼告訴局長？」

哼哼。本鄉先生用鼻子出氣，「因為我想要讓他刻骨銘心地知道自己的屁眼有多小。受到大藏省而且是銀行局長直接的壓力，那個膽小鬼一定嚇破了膽。越是平時耀武揚威的傢伙，這種時候就不敢屌了。鹿島就是典型的這號人物，我罵他的時候，你有沒有看到他的表情？臉色都發青了，恐怕嚇得尿褲子了吧？」

說著，本鄉先生哈哈大笑起來。

「這四年來，他是我唯一無法原諒的人。自己的女人被別人搶走後，竟然自己在公司裡張揚這件事，而且還在這家公司裝出一副了不起的樣子，我對他忍無可忍。」

「這麼說……」

原來是鹿島局長自己在公司裡散佈加奈子曾經是他情婦的流言。本鄉先生一開始就知道這件事嗎？還是結婚後才得知的？

「那種男人唯一的本事就是虛張聲勢，這次的事應該把他的自尊心傷得體無完膚了吧。不僅如此，大藏省永遠不會忘記這個仇，然後，就會或暗或明地給中央經濟報壓力。這時候，那傢伙就會成為箭靶。大藏省絕對不會原諒鹿島，我們報社也是開門做生意的，老闆也不可能提拔大藏省的眼中釘。」

聽了本鄉先生的話，我倒抽了一口氣。難怪他在和內田通電話時三不五時提到鹿島的名字，但這麼一來，大藏省痛恨本鄉先生的程度不是遠遠超過編輯局長嗎？

「但是，你也……」

我忍不住小聲說道。而且，我也在劫難逃吧？

「不好意思，平井，我做到今天而已。」

「什麼？」

「剛才我已經遞了辭呈。」

「你說什麼？」

我驚慌失措地大聲問道。

「平井，你還年輕，不用擔心。」

我不知所措。這個消息未免太唐突了。

「本鄉先生，你說你辭職，到底是怎麼一回事？」

本鄉先生用一如往常的語氣淡淡地說：

「我太大意了，造成了加奈子的困擾。我知道她有事瞞我，但作夢也沒想到她曾經是鹿島的女人。當我得知這件事後，對她惡言相向，她完全沒有辯解。我不知道該怎麼做，老實說，當初我並不知道該怎麼做。我喜歡這份工作，不顧一切地喜歡。這和對加奈子的感情是兩碼事。現在，我終於拋開一切了。現在正是時候。其實，我四年前就應該辭職的，即使為了加奈子，也應該這麼做。她心裡應該也是這麼期待的。雖然有點為時太晚，但現在這麼做，至少還來得及彌補。」

我回想起只見過一面，卻在內心留下深刻印象的本鄉加奈子的臉。那天晚上，在本鄉先生家門口簡單的對話中，我之所以深深被她吸引，難道不就是因為我感受到她忍耐了所有事、壓抑自己，默默等待丈夫歸來嗎？

我應該一開始就知道，栗田千尋根本不是對手。千尋自己應該也切身體會到這一點。

我看著本鄉先生臉頰微微抽搐的微笑表情這麼想道。

## 12

平成五年十月三十一日，本鄉孝太郎從中央經濟新聞社離職。三十一日晚上，在公司十八樓的會議廳為他舉行了盛大的歡送會。

會場聚集了超過三百人，我遠遠地看著他。回想起來，我和他真正相處才兩個月而已，但在這兩個月中，我在他身上學到了很多。我似乎會愛上自己的工作，即使無法和本鄉先生相提並論，即使缺乏像他那樣的天分，也已經點燃了內心鬥志的火焰，要一輩子投入這份工作。

董事長以下的所有高級主管都到齊了，鹿島局長的歡送詞特別長。本鄉先生站在更高一級的舞台上，面帶微笑地看著他，聽他的致詞。加奈子太太也坐在旁邊，她的手上捧著一束很大的花束。

栗田千尋站在我身旁，她也目不轉睛地看著本鄉先生。本鄉先生不時看向我和千尋的方向，每次我們的目光交會，他就會露出那個特有的奸笑。

我不知道那天之後本鄉先生和栗田千尋之間到底發生了什麼事，但在會場一看到她，很自然地走到她身旁。

同事每次提到本鄉先生的往事，就引起陣陣哄堂大笑。本鄉先生靦腆地低著頭，肩膀微微抖動著。加奈子太太在一旁掩嘴笑了起來。

我不時看著身旁的千尋。千尋發現了我的視線，微微點頭。

我為千尋裝了不少菜，也幫她調了酒。

歡送會在兩個小時後結束了，本鄉先生和他太太在鹿島局長和其他續攤的成員下走向出口的方向。有同事找我一起去，但我謊稱工作還沒有做完婉言謝絕了。

「要不要去喝酒？」

我邀栗田千尋。

兩天前，我向久美子提出分手。

「好啊，今天暢快地喝吧。」

千尋說。

然後又低聲嘀咕：

「我無法得到那束花。」

順著千尋的視線望去，發現手捧花束的加奈子剛好走出門口。

「總有一天，妳會收到更大的花束。」

我說。

「是嗎？」

「那當然。」

# 後記

白石一文

本書《草上的微光》收錄了三篇作品，首先，我以作者的身分介紹一下。

和書名相同的〈草上的微光〉是令我充滿回憶的作品之一。執筆時期的二〇〇三年一月，如果我沒記錯，這篇作品幾乎不到半個月就完成了。篇幅差不多是一百五十張四百字稿紙的程度，平時，這種程度的長度最快也要半個月，通常要一個多月才能寫完，因此，算是寫得很匆忙的一部作品。這也是本書三篇作品中的最新作品，執筆時，我已經四十四歲了。

我之所以說是充滿回憶的作品，是寫這篇小說的理由。

雖然目前的情況也和當時沒有太大的差別，但那時候，我因為種種原因，導致經濟窘迫，幾乎到了不知道下個月的房租在哪裡的地步。

連向來不離手的菸也買不起，每次站在自動販賣機前，就很嚴肅地捫心自問：「什麼時候可以再度一口氣買兩包菸？這種日子還會再來嗎？」

當時的心境強烈反映在二〇〇一年發表的《咫尺天涯》中的主人翁柴田龍彥身上，有興趣的讀者不妨參考。

三年前的一月，我真的陷入了債台高築的狀態。到了這個地步，寫小說就是唯一可以自救的方法。我只能寫小說賣給出版社拿稿費。

因此，這篇〈草上的微光〉是我有生以來第一次為餬口而寫的小說。完成後，我把稿子交給光文社的大久保雄策先生，很幸運的，編輯部決定要刊登在《小說寶石》上，所以很快就領到了稿費，我至今仍然難以忘記當時鬆了一口氣的安心感。

後來，我在那一年辭去工作。《草上的微光》正是我自立門戶後第一次推出的作品。

第二篇〈砂之城〉是我個人非常喜歡的作品。

這篇作品是很久以前寫的。雖然沒有正確的記錄，應該是一九九四年左右。二十年前，我才三十五歲，主人翁矢田泰治六十三歲，已經是獨樹一幟的作家。我為什麼會想要寫這種人物？如作品中也稍微提到的，其實是我藉由大幅更改書中的角色，來充分描寫自己。

第三篇〈花束〉比〈砂之城〉寫得更早，差不多是前一年的九三年底所寫的。當時我在文藝春秋的月刊雜誌《文藝春秋》擔任編輯，平時經常和中央政府機關的官員和永田町的各式各樣的政治家接觸，開始對於他們的思考型態和權力的內情有了某種程度的見解。當時我記得是一氣呵成地寫完了這本小說，好像被什麼東西附身似的兩、三天就完稿了。

對當時的我來說，很難得寫這種明亮色調的作品。〈砂之城〉和《不自由的心》中所收錄該時期其他作品幾乎都是描寫人生的困難，因此形成了明顯的對比。

這篇〈花束〉收錄在一九九四年，我以瀧口明的筆名出版的《第二世界》中。這次出版文庫版時也收錄在本書中和讀者分享。

回顧〈砂之城〉和〈花束〉，得以讓我稍微回想起當時的我到底在想什麼。同時發現，三十多歲時面臨的課題對年近五十的我而言，仍然是很大的課題。

孩提時代，我很早就對自己身處的這個社會產生了強烈的意識。從這一點來說，我算是相當早熟的孩子。至今仍然記得我讀小學時，我最大的恐懼就是「萬一明天發生核武戰爭，這個世界或許會毀滅。」然而，班上的同學當然不可能和我這種奇妙的煩惱產生共鳴，因為我的周圍都是一年級的小學生。

因為我從小體弱多病的關係，姑且不論表面看起來如何，內心極其孤獨和絕望。我並沒有什麼朋友，雙胞胎弟弟是我在學校生活中唯一的依靠。

對年輕時代的我而言，自己周遭的社會很可怕，至少冷酷無情，不可能拯救我。

進入社會後，站在不光是為了自己，還必須為公司這個組織貢獻成果後，我反而覺得比學生時代心情更輕鬆。因為在此之前，社會始終是我沒來由地感到害怕的對象，如今終於得以具體掌握，雖然所掌握的只是其中的一小部分。也就是說，我更加接近恐懼的真實面目。同時，我也邂逅了可以稱為朋友的人。

之後，我比小時候更現實地思考要如何和這個棘手的社會保持良好的關係，至今仍然持續進行這項作業。這種個人和社會之間的關係，正是我努力在小說中描寫的主題之一。

經常有人批評我的小說都是以菁英分子作為主人翁，而且是男性中心主義，認為不忍卒讀。然而，我卻認為這種看法太膚淺，我在自己的作品中想要表達的是，即使在這個社會上獲得成功，實現了夢想，不一定代表成功者的精神層面也獲得了成長。

現代人的最大謬誤，就是經常把尊重自由、尊重個人、自我責任掛在嘴上，但在現實人生中，每個人都因為膽小而不得不為國家而活、為組織而活、為家人而活。

包括法律和正義在內，這個社會的規則和架構都只提供了個人生活的方便，對我們的人生而言，根本不是本質性的，而且都是一些微不足道的事。進一步而言，「我」的肉體必須受限於社會這個空間，但是，活出自己的人生重點並不在於肉體，而在於我的心如何走過這一段人生。人類如果無法克服肉體的恐懼，真誠地為自己的心而活，這個社會上的殘暴、殘虐和差別就不會消失。

我認為不需要為這個複雜多樣的世界感到困惑、沉醉或是不知所措。因為，「這個世界到底是什麼？」的問題其實只是幻影，我們每個人只要面對唯一的問題，那就是：

「我到底是誰？」

我並不是為世界和社會而活，而是這個世界、這個社會為我而存在。我們到底能夠在何種程度上真正相信這個簡單的事實？

希望因為某種機緣拿起本書的讀者細細品嘗這本書收錄的三篇作品，我相信一定可以體會到我透過作品想要表達的思想。

如果想要進一步瞭解這方面的想法，敬請參考我其他的作品。

二〇〇六年四月十四日

國家圖書館出版品預行編目資料

草上的微光 / 白石一文著 ; 王蘊潔譯. -- 初版.
-- 臺北市 : 皇冠, 2010[民99].12
面;公分.--(皇冠叢書;第4056種) (大賞;040)
譯自 : 草にすわる
ISBN 978-957-33-2739-4(平裝)

861.57　　99021480

皇冠叢書第4056種
大賞｜040

# 草上的微光

草にすわる





作　　者—白石一文
譯　　者—王蘊潔
發 行 人—平雲
出版發行—皇冠文化出版有限公司
台北市敦化北路120巷50號
電話◎02-27168888
郵撥帳號◎15261516號
皇冠出版社(香港)有限公司
香港上環文咸東街50號寶恒商業中心
23樓2301-3室
電話◎2529-1778　傳真◎2527-0904
出版統籌—盧春旭
責任編輯—許婷婷
版權負責—莊靜君
外文編輯—蔡君平
美術設計—吳欣潔
行銷企劃—李嘉琪
印　　務—江宥廷
校　　對—鮑秀珍・陳秀雲・許婷婷
著作完成日期—2003年
初版一刷日期—2010年12月

法律顧問—王惠光律師

讀者服務傳真專線◎02-27150507
電腦編號◎506040
ISBN◎978-957-33-2739-4
Printed in Taiwan
本書定價◎新台幣250元　港幣83元